GW00499846

目录

谨以本书献给

玛丽·奥黑尔和格哈特·米勒

作者库尔特·冯内古特，

第四代德裔美国人，

住在科德角，生活安逸（但抽烟太多）。

很久以前，

曾是一名美国陆军侦察兵，

被解除武装，成了战俘，

目睹被誉为"易北河畔佛罗伦萨"的德国德累斯顿

遭受燃烧弹的袭击，得以幸存并讲述这一事件。

这是一部小说，

电报式精神分裂症般断断续续，

关于派出飞碟的特拉法玛多星球的故事。

愿和平常驻。

群牛哞哞叫，

圣婴惊醒了。

小主啊耶稣，

不哭也不闹。

1976 年版《五号屠场》序言

库尔特·冯内古特

这本书写的是很久以前（1944 年）我亲历的事件，这本书的首次出版（1969 年）现在也成了很久前的一件事。

时间流逝——书中的主要事件，也即对德累斯顿施行的燃烧弹轰炸，现已成为石化的记忆，沉入历史深深的沥青坑中。即便美国学校的孩子们听说过，他们肯定也无法判定这样的事情发生在第一次世界大战，还是第二次。我认为他们也不会在乎。

比如我本人，也并不热衷屡屡提及这场轰炸，仅仅为了让它不被忘却。如果今后的许多年，人们会继续阅读这本书，我当然会欣喜无比，但并不是因为德累斯顿的大灾难有多少重要的教训可以汲取。我本人曾经身在其中，领悟到的只是战争中人会变得如此愤怒不堪，以至于去焚毁伟大的城市，去杀死其中的居民。

那算不上什么新鲜事。

我于 1976 年 10 月写下这些文字，正巧仅仅两夜之前我看了马塞尔·奥弗尔斯关于战争罪行的纪录片《正义的记忆》（The Memoryof Justice），其中有航拍的德累斯顿轰炸的电影资料——夜袭。城市好像被煮沸了一样，而我当时身处下面的某个地方。

此后我曾被邀请去参加访谈节目，对此类事件的意义提供我的见解。受邀的还有纳粹死亡集中营的幸存者等。

毋庸置疑，战争暴行颂扬的是无意义。我无言以答。我没有走进演播室，独自回家。

德累斯顿轰炸耗资巨大，策划精心，但毫无意义，最终整个星球上仅一人从中获益，那就是我。我写了这本书，为自己挣到不少钱和名声，事情就是如此。

以这样或那样的方式，我从每个死人身上赚了两三美元。我做的算什么生意。

五号屠场

1

故事中的一切，或多或少都发生过。至少，关于战争的部分是相当真实的。我认识的一个家伙真的因为拿了一把不属于他的茶壶，在德累斯顿[1]被枪决。另一个我认识的家伙真的威胁要在战争结束后雇杀手除掉他的仇人，如此等等。只不过我都没用他们的真实姓名。

我也真的在1967年获得过古根海姆基金会[2]的资助（真是天大的好事），重返过德累斯顿。德累斯顿看上去很像俄亥俄州的戴顿，但比起戴顿，城市中有更多的空间。地底下一定埋着数以吨计的人骨肥料。

与我同往的是一个叫伯纳德·维·奥黑尔的战时老伙伴。我们重访了夜间关押我们战俘的那个屠宰场，与带着我们前往的出租车司机交上了朋友，他的名字叫格哈特·米勒。他告诉我们他曾一度是美军的俘虏。我们问他在共产党统治下生活如何，他说开始非常糟糕，因为每个人不得不辛苦劳动，因为当时住的、吃的、穿的都十分稀缺。但现在情况好多了，他有了舒适的小套间，女儿能享受到高质量的教育。他的母亲在德累斯顿的那场空袭中葬身火海，事情就是这样。

他在圣诞节给奥黑尔寄了一张明信片，上面这么写着：

我祝愿你和你的家人以及你的朋友圣诞快乐新年好，还希望我们如果机会巧了，还能在一个和平自由世界的出租车里相见。

. . .

我非常喜欢这样的说法："如果机会巧了。"

我真的不想告诉你这本倒霉的小书耗费了我多少钱和时间，带来了多少烦恼。二十三年前，当我从第二次世界大战回到家中时，我本以为，写一些关于德累斯顿大毁灭的文字，对于我而言轻而易举，因为我只需报道我所目睹的一切即可。而且我还认为，由于主题如此重大，这将成为一部传世杰作，或者至少可以为我挣得可观的经济收益。

但那时我头脑中挤不出多少关于德累斯顿的文字——无论如何不足以凑成一本书。直到今天，儿子们都已长大成人，我已经变成了一个让人讨厌的老家伙，沉湎于忆忆旧事、打打门球，时过境迁，但我头脑中出现的文字仍然非常有限。

我感到自己记忆中关于德累斯顿的部分全然于事无补，然而德累斯顿又极具诱惑，让我难以搁放。我想起了一首著名的五行幽默打油诗：

伊斯坦布尔有个小青年，

对着自己的家伙开了言：

"你毁掉了我的健康，

你花光了我的金钱，

现在还不尿，你这个老浑蛋。"

我还想起了一首歌，是这样的：

我的名叫扬·扬逊，

工作就在威斯康星，

木材场里我工作。

遇到路人来打听，

"你叫什么名和姓？"

我答道：

"我的名叫扬·扬逊，

工作就在威斯康星……"

循环往复，永无终止。

这些年来我遇见的人常常问我在干些什么，我往往回答他们说主要的事情是写一本关于德累斯顿的书。

有一次，我就是这么对电影制片人哈里森·斯塔尔说的，他扬起眉毛问道："是一部反战作品？"

"是的，"我说，"我觉得是。"

"听到有人写反战作品你知道我会怎么对他们说吗？"

"不知道。您究竟会怎么说，哈里森·斯塔尔？"

"我会说：'您为什么不写一本反冰川作品呢？'"

当然，他的意思是，战争不可避免，试图阻止战争就像去阻挡冰川形成那样徒劳无功。这一点我也同意。而且，即使战争不像冰川那样应时而来，衰老和死亡仍然不可避免。

• • •

我还比较年轻，还在写那本关于德累斯顿的名作时，我问一个名叫伯纳德·维·奥黑尔的战时老伙伴，是不是可以去拜访他。他在宾夕法尼亚州当地方检察官。我成了一名作家，家住科德角。战争期间我们都是当兵的，是步兵侦察。那时我们从未指望战争结束后能挣到钱，但我俩都干得不错。

我通过贝尔电话公司的帮助找到了他。在这方面他们非常出色。有时候在深夜，我会得一种毛病，与酒精和电话有关。我喝醉酒，呼出的口气像芥子气[3]和玫瑰的混合体，将我的妻子熏走，然后对着电话用凝重而优雅的声音，请求接线员帮我与多年没有音讯的这个或那个朋友连线。

用这种方法我与奥黑尔通上了电话。他是个矮个子，我个子很高，就像战争中的默特和杰夫[4]。我们俩在战争中一起被俘。我在电话里告诉他我是谁。对此他毫不怀疑。他还没睡，在看书。屋子里其他人都已入睡。

"听我说，"我说，"我在写一本关于德累斯顿的书。我想让你帮着回忆回忆过去的事情。不知道我可不可以过来见你，我们可以一起喝酒、聊天，谈谈往事。"

他热情不高。他说他记不起太多东西，但他还是跟我说让我过去。

"我觉得故事的高潮部分应该是处决可怜的老埃德加·德比，"我说，"真是巨大的讽刺。整座城市被大火烧塌，成千上万的人死于非命。然后这个美国步兵却因在废墟中拿了一把茶壶而遭到逮捕。在对他进行了常规审判之后，他就被交给行刑队枪决了。"

"是啊。"奥黑尔说。

"你不认为全书的高潮应该在这里出现？"

"这方面我一窍不通，"他说，"那是你的行当，我是外行。"

· · ·

作为干这种勾当——设计高潮和情节、塑造人物、编写精彩对话、安排悬念和冲突——的人，我已经多次为这个德累斯顿的故事编排过提纲。规划得最好的提纲，至少看上去最漂亮的，写在一卷墙纸背后。

我使用女儿的彩色蜡笔，每个主要人物用一种颜色。墙纸的一头是故事的开始，另一头是结尾，然后是所有的中间部分，居于墙纸中间。蓝线遇到了红线，又遇到了黄线，然后黄线中断，因为黄线代表的人物死了。如此等等。德累斯顿大毁灭由一个橙色交叉线组成的垂直色带代表，所有还活着的彩色线都穿过这块色带，从另一端出来。

所有线条都停止的终结点，是哈雷郊外易北河畔的一片甜菜地。当时天正下着雨。欧洲的战争两个星期前已经结束。我们排着队列，由俄国士兵看守着——英国人、美国人、荷兰人、比利时人、法国人、加拿大人、南非人、新西兰人、澳大利亚人，成千个列队等候的人马上将不再是战俘了。

甜菜地的另一侧站着成千个俄国人、波兰人、南斯拉夫人等，由美国士兵看守着。战俘交换在雨中进行，一个对一个。我和奥黑尔同其他许多人一起爬上了一辆美国卡车的后部。奥黑尔没有带上任何纪念品，而其他每个人几乎都有些小玩意儿。我有一把纳粹德国空军检阅军刀，现在还保存着。在书中我称之为保罗·拉扎罗的坏脾气小个子美国人，带着大约一夸脱的钻石、翡翠、红宝石之类。这些东西是他从德累斯顿地窖的死人身上找来的。事情就是这样。

一个不知在什么地方弄掉了所有牙齿的英国白痴，把他的纪念品装在一个帆布包里。帆布包搁在我的鞋面上。他不时朝包里偷偷张望，转动着眼珠，扭动着细瘦的脖子，试图逮到任何企图偷看他包中之物的人。他提起包在我的鞋背上颠动。

我以为颠动是无意中发生的，但我错了。他必须找个人展示他的藏品，并认定我是个可信任之人。我俩眼神相遇时，他对我挤挤眼睛，把包打开。

包里是一座埃菲尔铁塔的石膏模型，漆成金色，上面有一只钟。

"这里头可是个好东西。"他说。

我们坐飞机来到法国的一个整休营地，喝上了巧克力麦乳精，吃上了其他富有营养的食品，直到浑身填满了婴儿脂肪。接着我们被送回家。我与一位同样浑身填满婴儿脂肪的漂亮姑娘结了婚。

我们生了几个孩子。

他们现在都已长大成人，而我也变成了让人讨厌的老家伙，忆忆旧事，打打门球。我的名叫扬·扬逊，工作就在威斯康星，木材场里我工作。

有时在深夜，等我妻子上床睡觉后，我会尝试打电话给我过去的女友："接线员，不知你们是否可以替我找到某某太太的电话。我想她住在某某地方。"

"对不起，先生。名册上没有这个人。"

"谢谢，接线员。还是非常感谢。"

我有时放狗出去，有时让狗进来，我们说说话。我让它知道我喜欢它，它让我知道它喜欢我。它并不在意芥子气和玫瑰的混合气味。

"你很好，桑迪，"我会对狗说，"你是不是知道，桑迪？你很不错。"

有时我会打开收音机，收听波士顿或纽约的谈话节目。如果酒喝多了，我就受不了录制的音乐。

或迟或早我上床睡觉，妻子问我几点了。她总是要知道时间。有时候我不知道，就说："你问我，我问谁？"

有时候我会想起我所受过的教育。第二次世界大战后我在芝加哥大学待过一阵子。我是人类学系的学生。在那时，他们传授的思想是人与人之间绝对没有任何区别。今天他们也许仍然传授着同样的思想。

他们传授的另一个认识是，没有人是怪僻的、邪恶的或者可憎的。我父亲在去世前不久曾对我说："你知道吗——你从来没写过一篇里面有坏蛋的小说。"

我告诉他，那是战后我在大学里学到的东西之一。

. . .

我一边学习人类学的课业知识，一边在著名的芝加哥城市新闻署当警务记者，每周可得二十八美元的报酬。有一次他们将我的夜班换成日班，于是我一口气工作了十六个小时。我们得到城里所有报刊的资助，还有美联社和合众社等。我们的报道范围包括法庭、警察局、消防局和密歇根湖上巡航的海岸卫队等。我们通过铺排在芝加哥街道下面的压缩空气动力管道，与这些资助我们的机构取得联系。

记者通过电话将新闻故事口述给戴着耳机的记录员，记录员刻写在油印蜡纸上。油印后的新闻稿被塞入铜和丝绒做成的管状盒里，送入压缩空气推动的管道。最心狠手辣的记者和记录员都是女性，男人上战场后她们接管了工作。

我不得不通过电话将我负责报道的第一篇新闻稿口述给这群可恶的姑娘中的一个。写的是一个年轻的退伍军人，他找了份工作，在一幢办公楼里开老式电梯。一楼的电梯门是由铁镶边装饰的，铁制常春藤从孔眼中缠来绕去。一根铁枝条上停栖着一对铁制的情侣鸟。

退伍兵决定将电梯厢开到地下室，关了门，开始下降，但他的结婚戒指钩住了门上的铁镶边。于是当电梯厢的地板开始下降，离开他的脚底时，他被悬在了空中，电梯厢顶部砸碎了他的脑壳。事情就是这样。

于是我发了事件的电话稿，准备打蜡纸的女人向我提出了问题："他的妻子怎么说？"

"她还不知道呢，"我说，"事故刚刚发生。"

"给她打个电话，要个说法。"

"什么？"

"告诉她你是警察局的芬恩警长，你有不幸的消息要通知她。让她知道这件事，听听她怎么说。"

于是我照办了。她说了些你能想到的话。家中还有个婴儿。如此等等。

我回到办公室时，女打字员问我，说她只是自己想知道，那个人被砸碎时是什么样子。

我如实相告。

"这种事让你感到不安吗？"她问，口中嚼着"三个火枪手"牌糖果。

"见鬼，不，南茜，"我说，"在战争中我见过的场面比这糟糕得多。"

· · ·

即便那时我仍琢磨着写一本关于德累斯顿的书。在当时的美国，知道那场空袭的人并不多，没有多少美国人知道它比广岛大爆炸更惨。我本人也不知道。公布的消息不多。

在一个鸡尾酒会上，我碰巧同一个芝加哥大学的教授谈起我亲眼看到的空袭，以及我计划写的那本书。他是一个叫作"社会思潮委员会"[5]的成员。他对我讲起关于集中营，还有德国人如何用犹太人尸体的油脂做肥皂和蜡烛诸如此类的事。

我所能说的只是："我知道，我知道，我知道。"

· · ·

第二次世界大战无疑让每个人变得韧性十足。我成了纽约斯克内克塔迪通用电器公司的公关员，也成了我购买的第一套房子所在地阿尔普罗斯村的志愿消防队员。我的老板是我所遇见的人中韧性最足的一个。他曾是巴尔的摩负责公关的中校。我在斯克内克塔迪的时候，他加入了荷兰改革派教会，一个绝对韧性十足的教会。

他曾几次不无嘲讽地问我为何当不了军官，就好像我犯过什么错误。

我和我妻子身上的婴儿脂肪消失了。那些年是我们干瘪的年代。我们的朋友中有很多干瘪的老兵和他们干瘪的妻子。我认为在斯克内克塔迪，最可爱的老兵，那些最善良、最滑稽、最憎恨战争的人，是那些真正上过战场的人。

那时我曾写信给空军，索要德累斯顿空袭的详细资料：谁下的命令？出动了多少架飞机？为何要轰炸？取得了哪些预期的效果？如此等等。一个同我一样从事公关工作的男性给予了我回复。他说很抱歉，此类信息仍属绝密。

我把信大声读给妻子听，然后我说："绝密？我的天哪——向谁保密？"

• • •

那时候我们是世界联邦主义者联合会的成员。现在我不再清楚自己属于哪类人。也许是电话使用者，我估计。我们打很多电话——不管怎样，至少我打，在深更半夜的时候。

• • •

在我给我的战时老伙伴伯纳德·维·奥黑尔打电话的两周后，我真的动身前去与他见面。那应该是 1964 年左右——反正前一年是纽约世贸会。唉，一年又一年[6]。我的名叫扬·扬逊。伊斯坦布尔有个小青年。

我带了两个小女孩一同前往，我的女儿南妮和她最要好的朋友艾丽森·米切尔。此前她们从来没有离开过科德角。如果我们看见一条河，就得停下，这样她们可以站在河边，稍作思考。她们此前从未见过这么长、这么窄，又没有盐分的水体。这就是哈德逊河。河中有鲤鱼，我们能看见它们，大得像核潜艇。

我们也观赏了瀑布，像无数溪流从悬崖跃入特拉瓦河谷。可以驻足观看的东西有许许多多——然后到了该上路的时候了，总是有该离开的时候。两个小女孩穿着社交聚会时穿的白色连衣裙和黑色皮鞋，陌生人一看就知道她们有多么可爱。"该上路了，姑娘们。"我说。然后我们离开。

夕阳西下，我们在一家意大利餐馆吃了晚饭，然后我敲响了伯纳德·维·奥黑尔家漂亮石头房子的前门。我手握一瓶爱尔兰威士忌，像提着通知就餐的手摇铃。

• • •

我遇见了他可爱的妻子玛丽，我的这本书就是题献给她的。我也将此书题献给德累斯顿的出租车司机格哈特·米勒。玛丽·奥黑尔是个受过职业训练的护士。当护士对于女人来说是个很好的职业选择。

玛丽非常喜爱我带来的两个女孩，让她们同自己的孩子一起在楼上玩游戏、看电视。只是在孩子们上楼以后，我才感觉到玛丽不喜欢我，或者说不喜欢那天晚上某方面的事情。她彬彬有礼，但十分冷淡。

"你们的屋子真是可爱，很温馨。"我说。这不是奉承。

"我收拾了一个地方，你们可以去那边聊聊，免受打扰。"她说。

"好。"我说。我想象的是一间墙上有镶板的房间，壁炉旁放着两把皮座椅，两个老兵可以坐着喝喝酒、谈谈天。但她把我们带进了厨房。她在白色瓷面厨房桌子旁放了两把直背椅子。头顶上是一盏两百瓦的灯泡，桌面的反射光直刺眼球。玛丽准备的是一间手术室。桌上只放了一只玻璃杯，是给我的。她解释说自战争以后奥黑尔不能喝高浓度酒。

于是我们坐下。奥黑尔有点尴尬，但他不告诉我问题出在何处。我无法想象我哪方面有过失，使得玛丽如此大动肝火。我是个顾家的男人，没有离过婚，没有喝醉酒，在战争期间也没有对她丈夫使过坏。

她给自己倒了一杯可口可乐，在不锈钢水槽上敲打制冰块的盘子，制造了不少噪声。然后她走到屋子的另一处，却不安安静静地坐下。她满屋子走来走去，开门关门，甚至把家具拖来拖去，发泄愤怒。

我问奥黑尔，我说错做错了什么，使她有如此举动。

"没事，"他说，"不用担心。这事与你没有任何关系。"他出于好心，没说实话。事情与我有千丝万缕的关系。

于是我们不理会玛丽，回忆战争中的事。我喝了两口自己带来的烈酒。我们有时谈笑风生，就好像战争中的故事正渐渐重现，但我俩谁也回忆不起任何有价值的片段。奥黑尔记得有个家伙灌饱了酒，我们在德累斯顿遭到空袭之前不得不用一辆独轮车把他送回家去。这类素材不足以写成一本书。我记起两个俄国兵抢了一家钟表厂，他们的大马车上装满了钟。他们酩酊大醉，兴高采烈，嘴里抽着用报纸卷的巨大烟卷。

能回想起来的大致就是这些，而玛丽还在制造噪声。她最终又一次走进厨房，再倒一杯可乐，从冰箱里取出另一个冰格盘子。虽然冰格盘外已经有不少冰块了，她还是不停地在水槽上敲打。

接着她转身对着我，让我看清她有多么生气，让我知道她的怒气是冲我而来的。她自言自语在说些什么，因此我听到的只是整个对话中的一块残片。"那时候你们只不过是些不懂事的娃娃！"她说。

"什么？"我说。

"战争中你们只是些不懂事的娃娃——就像楼上的那些娃娃！"

我点点头表示同意这样的说法。战争中我们的确是些涉世未深的娃娃，正处于童年的尾声。

"但你写的东西不会实话实说，对不对？"这不是一个问题。这分明是谴责。

"我……我不知道。"我说。

"但我可知道，"她说，"你会假装你们不是些娃娃，而是男子汉，让弗兰克·辛纳特拉[7]、约翰·韦恩[8]或者其他一些魅力十足的、好战的、有一把年纪的无耻之徒在电影中表演你的故事。战争看上去无比美好，我们还需要更多的战争。送去当炮灰的是些娃娃，就像楼上的娃娃们。"

我终于明白了，是战争让她如此愤怒。她不想让自己的或任何人家的孩子到战场上去送死。她认为书和电影起的作用是为战争推波助澜。

• • •

于是我举起右手向她保证。"玛丽，"我说，"我觉得这本书也许永远不会完稿。到现在为止我肯定都已经写过五千页了，但都扔掉了。如果真的完成了，我以名誉向你担保，书中不会出现弗兰克·辛纳特拉和约翰·韦恩的角色。"

"这么说吧，"我说，"我把书名叫作《童子军圣战》[9]。"

自那以后，她成了我的朋友。

• • •

我和奥黑尔走进客厅，聊些别的话题。我们对历史上曾出现过的童子军圣战产生了好奇，于是拿出他的一本藏书进行查阅，是法学博士查尔斯·麦凯写的《特殊流行幻觉与集体疯狂》。这本书 1841 年在伦敦首次出版。

麦凯对所有圣战都不怀好感。对他而言，与其他十次成年人的圣战相比，童子军圣战只不过略微更加卑鄙了一点。奥黑尔大声朗读了下面精彩的一段：

历史庄严的书页告诉我们，十字军圣战者只不过是些无知野蛮的人，其动机来源于绝对的偏执，其历程浸透着血泪。而另一方面，浪漫作品放大了他们的虔诚和英雄主义，用热情洋溢、慷慨激昂的语气描述他们的美德和气度，赞颂他们为自己赢得的永久的荣耀，以及为基督教做出的巨大贡献。

奥黑尔接着往下读：

所有这些争斗的显赫结果是什么呢？欧洲以上百万的财富以及两百万生命的鲜血为代价，一小撮好斗的骑士拥有了对巴勒斯坦一百年左右的控制权！

麦凯告诉我们，童子军圣战始于 1213 年。两个僧侣突发奇想，在德国和法国招募童子军，到北非再把他们当奴隶出售。三万娃娃志愿报名，以为将前往巴勒斯坦。显然他们是些大城市中到处可见的游手好闲的弃儿，生活的困境使他们深陷罪恶、胆大无比，麦凯写道，他们无所顾忌。

教皇英诺森三世也以为他们将向巴勒斯坦进发，异常激动。"我们仍在昏睡，而这些孩子觉醒了！"他说。

大多数孩子是在马赛乘船离港的，其中大约一半人因航船失事而葬身鱼腹。另一半人到达北非后被卖掉。

由于信息错误，有些孩子来到热那亚报到，但那边没有前来接送的奴隶船。热那亚的好心人给他们提供吃住，亲切地询问事由——然后给了他们一点钱和很多忠告，送他们回家。

"向热那亚的好心人致敬。"玛丽·奥黑尔说。

. . .

那天晚上我被安置在一间孩子的卧室过夜。奥黑尔在我的床边放了一本书，是玛丽·恩德尔写的《德累斯顿：历史、剧院和艺术画廊》。书是 1908 年出版的，序言这样开始：

希望这本小册子能对您有所帮助。本书为英语读者提供一个整体图景：德累斯顿的建筑如何逐渐形成了今天的面貌；德累斯顿的音乐如何通过几个天才的出现发展至今天的繁荣；德累斯顿还有一些成为永恒艺术里程碑的珍品，它的许多画廊因此成为让人难忘的艺术胜地。

我继续读这座城市的历史：

1760 年，德累斯顿处于普鲁士人的包围之下，7 月 15 日炮轰开始。绘画艺术馆起火。许多馆藏绘画此前已经被转移到了哥尼斯坦，但还有一些被火炮弹片严重损坏——其中著名的一幅是弗兰西亚的《基督洗礼图》。此外，曾用于日夜监视敌军动静的雄伟的克鲁齐亚塔楼也被火焰吞噬，后来倒塌。与克鲁齐亚塔楼不幸命运形成鲜明对照的是圣母院，普鲁士人的炮弹在它的石穹顶上像雨点一样被弹回。最后弗里德里希[10]获知他新征服版图中的要塞格拉茨被攻陷的消息，不得不放弃围攻。"我们必须向西里西亚进发，不然我们将失去一切。"

德累斯顿遭受的摧残难以估量。当还是个青年学子的歌德来到此地时，该地仍然满目疮痍："从圣母教堂的穹顶，我看到横卧在美丽而井然有序的城市中间的这堆令人厌恶的瓦砾。恰在此时，教堂司事对我夸赞起建筑师的技艺，教堂和穹顶被建造得如此坚固夯实，早就为意料之外的轰炸做好了准备。随后，心地善良的司事又引我看了教堂四周的废墟，并忧心忡忡地附上一句话：这都是敌人干的！"[1]

· · ·

第二天上午，我和两个小姑娘渡过了乔治·华盛顿曾经跨越过的特拉瓦河。我们来到纽约世贸会，通过福特汽车公司和华特·迪士尼的展示，了解过去的历史，又通过通用汽车公司的展示，看到将来的世界。

我向自己提出了关于今天的问题：今天有多宽，有多深，有多少属于我自己的东西可以留存。

· · ·

自那以后我在爱荷华大学著名的作家学习班任教，教了两年文学创作课。我卷入了一些绝对甜美的麻烦，又从中得以解脱。我下午去学习班上课，上午写作。我不让任何人打扰。我伏案笔耕的是我那本关于德累斯顿的名作。

正是在爱荷华大学的日子，一个名叫西摩·劳伦斯的大好人向我提供了一份三本书的出版合同，我说："好的，三本中的第一本将是那本著名的关于德累斯顿的书。"

西摩·劳伦斯的朋友叫他"山姆"。我现在可以对他说："山姆——书稿给你。"

· · ·

书不长，杂乱无章，胡言乱语，山姆，因为关于一场大屠杀没有什么顺乎理智的话可说。可以说每个人都已经死了，永远不再说任何话，不再需要任何东西。大屠杀以后一切都趋于无声，永久沉默，只有鸟儿还在啼叫。

那么鸟儿在说些什么？关于大屠杀所能说的也只是"叽——啁——叽"？

· · ·

我告诉我的儿子们，任何情况之下他们都不能参与大屠杀，即便是对敌人进行大屠杀的消息，也不应该给他们带来满足和欣喜。

．．．

我还告诉他们不要去那些制造屠杀武器的公司工作，对那些认为我们需要那类武器的人，我们要表示鄙视。

．．．

我说过我最近与朋友奥黑尔一起故地重游，再访德累斯顿。我们去了汉堡、西柏林、东柏林、维也纳、萨尔茨堡和赫尔辛基，也去了列宁格勒，一路笑声不断。此行对我帮助很大，因为我看到了许多可供我以后创作虚构故事的真实背景，这些作品是《俄罗斯巴洛克》，另一篇是《不准接吻》，另一篇是《一元酒吧》，另一篇是《如果机会巧了》，如此等等。

如此等等。

．．．

汉莎航空公司有一趟航班从费城飞往波士顿，再到法兰克福。原计划是奥黑尔在费城登机，我从波士顿出发，一同前往。但波士顿机场因大雾关闭，于是航班从费城直飞法兰克福。在波士顿的大雾中，我成了个多余的人。汉莎航空公司将我同其他多余的人领上一辆大型轿车，送到一家旅馆度过多余的一天。

时间不愿朝前走。有人在玩弄计时器，不光是电子钟表，也包括使用发条的那些。我手表上的秒针颤动一下，要等上一年，才会再次颤动一下。

对此我无能为力。作为地球仔，我只能相信钟表上——还有日历上显示

的时间。

．．．

我随身带了两本书，打算在飞机上阅读。其中之一是西奥多·罗特克的《给风的话》，在其中我读到了这样的词句：

我醒来又入睡，把苏醒放慢。

我感觉命运，不会惊恐。

我行必行之路，学习人生。

我带的另一本书是伊丽加·奥斯特洛夫斯基的《塞兰尼和他的幻觉》。塞兰尼是一战中一名勇敢的法国士兵——直到他的头颅被打裂。自那以后，他无法入眠，脑中不断有噪声轰响。他成了一名医生，白天给穷人看病，夜晚写怪诞故事。"没有经历与死亡共舞，就不可能产生艺术。"他写道。

真理就是死亡，他写道，我尽我之所能与它长期巧妙周旋……与它共舞，为它装饰花彩，伴它优雅地四处飘荡……为它披上彩带，让它兴高采烈……

时间使他着迷。奥斯特洛夫斯基小姐引导着我走入了《分期支付死亡》中的奇妙场景，在其中，塞兰尼试图让街上忙忙碌碌的一群人停止不动。他在小说的书页中喊道：让他们停下……别让他们移动一步……就这样，让他们凝固……永远永远！……这样他们才不再会消失！

· · ·

我在旅馆房间里翻阅基甸国际[12]赠送的《圣经》，在其中寻找大毁灭的故事。当罗德进入琐珥时，太阳已在地球上升起，我读着。然后，主从天外之主那里引来硫黄与火，降落在所多玛和蛾摩拉；他摧毁这两座城市，所有的平原，所有城中的居民，以及一切地面上的生物。

事情就是这样。

两座城里住的都是坏人，这是众所周知的事。没有他们世界会变得更美好。

当然，罗德的妻子被告知不能回首观看她的同胞和家园所在之处，但她还是回首了。我很欣赏她的举动，因为那是人之常情。

她变成了一根盐柱。事情就是这样。

· · ·

人们不应回首往事。我当然不再如此。

现在这本关于战争的书我已完稿。接下来我要写一本好玩的书。

19

这是一部失败之作，非如此不可，因为它是由盐柱写下的。书是这样开头的：

听我说：

比利·皮尔格林从时间链上脱开了。

书是这样结尾的：

叽——啁——叽？

2

听我说：

比利·皮尔格林从时间链上脱开了。

比利·皮尔格林上床睡觉时是个老态龙钟的鳏夫，醒来时却在他的婚礼日。他从 1955 年的那扇门进去，从另一扇门出来的时候是 1941 年。他反身又走进那扇门中，发现自己来到了 1963 年。他说，他多次看见过自己的出生和死亡，任意造访了发生于两者之间的所有事件。

这是他说的。

比利患有时间痉挛症，难以控制下一步的走向，所去之处并不一定都很好玩。他说他一直处于一种上台前的恐慌状态，因为他无法知道接下来登场的是他生命过程中的哪一部分。

• • •

比利 1922 年生于纽约的伊利昂，是城里一个理发师的独生子。他是个长相滑稽的孩子，长大后变成了个长相滑稽的青年——高挑羸弱，身材像可口可乐的瓶子。他从伊利昂高中毕业，排名班中前三分之一，在伊利昂验光配镜专科学校上了一学期夜校课程，然后应征入伍，参加第二次世界大战。战争期间他父亲在一次狩猎事故中意外身亡。事情就是这样。

比利随步兵部队到欧洲服役，成了德国人的战俘。1945 年从部队光荣退役后，比利又进入伊利昂验光配镜专科学校学习。在学校的最后一年，他与学校创办人和拥有者的女儿订了婚，然后经历过一次轻微的精神崩溃。

• • •

他被送到普莱西德湖畔的老兵医院进行治疗，接受了几次电击休克疗法后出院回家，与女友完婚，修完学业，在老丈人的帮助下开始在伊利昂做生意。伊利昂是个尤其适合做验光配镜生意的城市，因为那是通用锻铸公司的所在地。公司要求每一名雇员配有安全眼镜，并在生产区域戴上眼镜。伊利昂通用锻铸公司下有六万八千名员工。镜片和镜架的需求量非常可观。

赚钱主要靠镜架。

· · ·

比利发了财。他有了两个孩子，芭芭拉和罗伯特。后来，女儿芭芭拉也嫁给了一个验光配镜师，比利帮着他建立了他自己的生意。比利的儿子罗伯特在高中时是个问题少年，但后来参加了著名的绿色贝雷帽特种部队[13]，走上正道，成了一个不错的青年，去越南打过仗。

1968 年初，包括比利在内的一批验光配镜师，租了一架飞机从伊利昂前往蒙特利尔，去参加一个验光配镜师国际会议。飞机在佛蒙特州的糖槭山山顶坠毁，除了比利之外无人生还。事情就是这样。

当比利在佛蒙特一家医院休养、恢复时，他的妻子因一氧化碳事故中毒死亡。事情就是这样。

· · ·

飞机失事后比利最终回到伊利昂的家中，一段时期内十分沉默。他头颅上方留下了一道可怕的伤疤。他不再工作，请来了一个管家。他的女儿几乎每天都来看他。

接着，在全无征兆的情况下，比利突然前往纽约市，参加了一个通宵的无线电聊天节目。他谈了从时间链上脱开的事。他还说，他在 1967 年遭飞碟绑架。飞碟来自特拉法玛多星球，他说。他被带到特拉法玛多，在一个动物园里被裸体展出，他说。在那儿他与另一个地球仔，从前的电影明星蒙塔娜·怀尔德哈克配成一对。

· · ·

伊利昂的某些"夜猫子"在收音机里听到了比利的谈话，其中一个给比利的女儿芭芭拉打了电话。芭芭拉急了，同丈夫一起赶到纽约，把比利领回家。比利虽然态度并不强硬，但坚持说他在电台说的一切都确有其事。他说他是在女儿婚礼的那天夜里遭到特拉法玛多人绑架的。没有人发现他失踪，他说，那是因为特拉法玛多人是通过时间翘曲将他带走的，因此他可以在特拉法玛多待上许多年，而离开地球只有一微秒的时间。

又一个月过去了，一切安然无事。接着比利给伊利昂的《新闻头条》报写了一封信，被刊登了出来。他在信中描述了特拉法玛多的生灵。

信中说他们两英尺高，呈绿色，体形像带把的橡皮泵。他们的吸盘朝地，非常灵活的手柄指向天空。每根手柄上端是一只小手，掌心长着一只绿色眼睛。这些生灵十分友善，而且他们能够看到四维空间。地球仔只能看到三维物体，对此特拉法玛多人深感可惜。他们有许多奇妙的东西可以教给地球仔，尤其是对时间的认识。比利承诺在下一封来信中讲述其中一些奇妙的东西。

• • •

第一封信刊出时，比利正在写第二封。第二封信是这样开始的：

"我在特拉法玛多学到的最重要的东西是：如果某个人死了，他只不过看上去似乎死了。他依然活蹦乱跳地生活在过去，所以人们在他的葬礼上悲哭是十分愚蠢的事。所有片刻，过去，现在，将来，总是一直存在着，也将永远存在下去。特拉法玛多人能够观看所有不同片刻，就比如我们能够观看延绵的落基山脉中的一段一样。他们可以看到所有的片刻是多么永恒，可以选择观看任何他们感兴趣的一段片刻。我们在地球上的感觉是一个时间段接连一个时间段，就像串起的珠子，一旦一段时间过去，它就永远消失。这其实只不过是一种幻觉。

"如果特拉法玛多人看到一具尸体，他们想到的只是死者在那个特定时间段状况不佳，但同一个他在其他许多时间段则安然无恙。现在，当我听说某人去世了，我只不过耸耸肩，用特拉法玛多人遇到这种情况时说的话说：'事情就是这样。'"

• • •

如此等等。

比利正在空荡荡的屋子的地下娱乐室写这封信。这天是管家的休息日。娱乐室有一台老式打字机。这东西让人受不了，重得就像蓄电池。比利不能轻易地把它搬到太远的地方，所以他才待在地下娱乐室，而不去家中其他地方写作。

燃油取暖炉坏了。一只老鼠咬坏了连接自动调温器的绝缘电线。房间里的温度下降到了华氏五十度，但比利浑然不觉。虽然已接近黄昏，他身上衣服不多，光着脚，仍然穿着睡衣和浴袍。他的双脚冻成了青灰色。

不管怎样，比利的心就像红红的炭火，暖洋洋的。为他心中提供热量的是比利的信念：他将阐明时间的真相，给如此众多的人带来慰藉。楼上的门铃响了又响。是他的女儿芭芭拉，等着进门。她最后用钥匙开了门，走过他头顶上的地板，喊道："父亲？老爸，你在哪里？"如此等等。

比利没有回答，于是她近乎歇斯底里，做好了随时发现他尸体的心理准备。然后她查看了整座房子里最不可能的地方——地下娱乐室。

. . .

"我喊你你为什么不答应？"芭芭拉站在地下室的门口问道。她手中拿着那份下午报，上面刊登着比利的来信，描述他的特拉法玛多朋友。

"我没听见。"比利说。

当时的综合形势是这样的：芭芭拉只有二十一岁，但她觉得父亲已经老迈无能，其实比利也只有四十六岁——老迈无能是因为那次飞机失事造成的头颅创伤。她也认为自己是一家之主，因为她曾不得不主持操办了母亲的葬礼，不得不为比利请了管家，做了诸如此类的事情。另外，芭芭拉和她的丈夫不得不照看比利的商业利益，因为比利好像对做生意彻底失去了兴趣。那是很可观的一笔收益。小小年纪承担了所有这些责任，这使她变成一个饶舌的坏脾气女人。而与此同时，比利努力维护自己的尊严，试图说服芭芭拉和其他所有人，他还远远没有衰老，相反，他目前投身其中的事业，远比追求商业利益来得崇高。

他觉得自己现在所承担的使命，不外乎为地球仔的灵魂配制矫正的镜片，绝不亚于此。比利相信，如此众多的灵魂误入歧途，陷于苦恼，是因为他们不能像他那些特拉法玛多小绿人朋友那样看待问题。

. . .

"不要对我撒谎，老爸，"芭芭拉说，"你听见我叫你了，我完全知道。"这姑娘其实挺漂亮，只是两条腿长得像爱德华时代的大钢琴。接着她把话题转向报纸上的那封信，大发雷霆。她说他把自己和所有与他相关的人都变成了被人嘲笑的对象。

"老爸，老爸，老爸，"芭芭拉说，"我们到底该拿你怎么办？你是不是要逼我们把你送到你妈待的地方去？"比利的母亲仍然健在。她躺在伊利昂市郊一个叫"松树丘"的敬老院的床上。

"我的信怎么了，让你气成这个样子？"比利问道。

"全是疯话。没有一句是真的！"

"全都是真的。"比利不会随着她越来越大的火气而变得愤怒。他从来不会因为任何事情生气。这方面他让人喜欢。

"根本就没有什么特拉法玛多星球。"

"你的意思是，从地球上观察不到，"比利说，"在特拉法玛多同样观察不到地球，情况就是这样。两个星球都非常小，而且相距遥远。"

"这个疯狂的名称你从哪儿弄来的，'特拉法玛多'？"

"居住在那边的人就是这么称呼它的。"

"哦，天哪，"芭芭拉说，转身背向着他，拍着巴掌表示无可奈何，"我可不可以问你一个简单的问题？"

"当然可以。"

"飞机失事以前你为什么从来没有提到过这些事情？"

"我觉得时机还不成熟。"

• • •

如此等等。比利说他首次从时间链上脱开是在 1944 年，在他去特拉法玛多很久以前。特拉法玛多人与他脱开时间链没有任何关系。他们只是让他得以深入了解，明白了事情的真谛。

比利第一次从时间链上脱开时，第二次世界大战还在进行之中。战争中的比利是一名随军牧师的助理。在美国军队中，随军牧师的助理通常是个滑稽角色。比利也不例外。他既没有打击敌人的实力，也没有帮助朋友的能量。

事实上他没有朋友。他其实是传教士的男仆，不可能指望获得晋升或者得到勋章，不携带武器，对大多数士兵不屑一顾的仁爱的耶稣抱着驯顺的信仰。

在南卡罗来纳州演习时，比利在一架防水黑色小风琴上弹奏他从小就熟悉的圣歌曲子。风琴有三十九个琴键和两个音栓——仿人声音栓和仿琴声音栓。比利还负责看管手提式神坛：一个带有可伸缩脚架的草绿色公文包，里面衬着红色长毛绒，长毛绒热烈的色调中安放的是一个镀氧化膜的铝制十字架和一本《圣经》。

神坛和风琴是新泽西坎登的一家吸尘器公司制造的——据说如此。

• • •

一次演习时比利弹奏了由约翰·塞巴斯蒂安·巴赫作曲、马丁·路德作词的《主是坚强的堡垒》。那是星期天的早晨。比利和随军牧师在卡罗来纳山边聚集了大约五十名士兵听众。一个裁判出现了。到处都有裁判，由他们判定谁赢了或输了这场理论上的战斗，谁还活着，谁已经死了。

这位裁判带来了滑稽的消息。与会听众在理论上被理论上的敌军空中侦察发现。现在他们理论上都已经死亡。理论上的尸体们都乐了，然后美美地吃了一顿午餐。

多年后记起这件事情，比利惊愕地发现，这次遭遇死亡的经历与特拉法玛多星球上的奇遇是何等相似，死了以后还可以吃饭。

演习快结束时，比利获得紧急休假回家，因为他父亲，那个纽约伊利昂的理发师，在外出猎鹿时被一个朋友开枪射出的子弹打死了。事情就是这样。

• • •

比利休假结束后返回部队，接到命令被派送出国。一个在卢森堡作战的步兵团指挥部直属连需要他前去报到。团部原随军牧师助理在军事行动中阵亡。事情就是这样。

比利加入该团时，部队正在著名的巴尔齐战役中遭遇德军摧毁。比利甚至从未与需要他当助理的那位随军牧师见过面，甚至连钢盔和作战靴子也从来没给他发过。那是 1944 年的 12 月，欧洲笼罩在德军最后一波强大攻势之下。

比利得以幸存，但成了一名被打散的游兵，远远落在德军新前线的后方，晕头转向。另外三个不那么晕头转向的游兵允许比利跟着他们同行。其中两人是侦察兵，一个是反坦克炮手。他们没有食物，也没有地图。为了躲避德国人，他们走进了乡村深沉的寂静之中。他们吃雪充饥。

他们成一路纵队行走，前面是两个侦察兵，手持步枪，机智，优雅，悄无声响。后面跟着反坦克炮手，笨拙而迟钝，一手持科尔特点四五自动手枪，另一手拿着双刃短刀，让德国人不敢接近。

拖在最后面的是比利·皮尔格林，空着两手，沮丧地做好了送死的准备。比利的样子愚蠢滑稽——六英尺三英寸高的个子，肩和胸就像一盒厨房用的火柴。他没有头盔，没有大衣，没有武器，没有靴子。他脚上穿的是参加父亲葬礼时买的便宜的低帮便鞋，丢失了一个鞋跟，走起路来一高一低、一高一低地颠簸。这种不由自主地一高一低、一高一低的舞蹈，使他的髋关节酸痛无比。

比利穿着一件单薄的野战夹克、衬衫和粗羊毛裤子，里面长长的内衣已经浸透了汗水。四个人中只有他留着胡子，稀稀疏疏，如鬈毛一般。虽然比利才二十一岁，有些毛发已经斑白。他也开始谢顶。寒风和低温，加上剧烈的运动，使他的脸变得通红。

他看上去根本不像一个当兵的。他看上去像一只脏兮兮的火烈鸟。

• • •

游荡至第三天，有人从很远的地方朝这四个人开枪——在他们穿越狭窄的砖路时向他们打了四枪。一枪是朝着两名侦察兵打的。接下来的一枪瞄准的是那个反坦克炮手，他的名字叫罗兰·韦利。

第三颗子弹瞄准的是那只脏兮兮的火烈鸟。当致命的"铁蜜蜂"嗡的一下从他耳边飞过时，他站在路中央呆住不动了。比利礼貌地站在那儿，再给狙击手一个机会。这是他对战争法则稀里糊涂的理解，射击人应该再得到一次机会。下一枪擦着比利的膝盖而过，差几英寸没打着。从声音听来是连续发射的。

罗兰·韦利和两个侦察兵安全跃入沟中，韦利对比利吼道："离开路面，操他娘的傻瓜蛋。"这句骂人话在 1944 年的白人语言中还是个新鲜词汇，在比利听来既新奇又震惊。他从来没有操过任何人——但这句话起了作用，将他惊醒，把他从路面上拖开。

　　· · ·

"又救了你一命，你这个蠢杂种。"韦利在沟里对比利说。这些天来他一直在拯救比利的性命，骂他，踢他，抽他，赶着他朝前走。使用暴力是完全必要的，因为比利不会做出任何反应来拯救自己的性命。比利打算放弃。他又冷又饿，又窘迫又无能。现在他几乎都分不出昏睡和醒着的时候。到了第三天，也分不出行走和站着不动之间的区别。

他希望别人不要管他。"伙计们，你们自己走吧，别管我。"他说了一遍又一遍。

韦利也是初次接触战争，和比利一样。他也是个补充人员。作为火炮组的一员，他帮忙从五十七毫米口径的反坦克炮中发射过愤怒的一炮。大炮一声尖啸，就像拉开了万能上帝裤裆上的拉链。大炮吐出三十英尺长的火焰，卷起积雪和植被，在地上留下一个黑色的箭头，明确无误地告诉德国人火炮隐蔽的方位。这一炮没打中。

没被击中的是一辆猛虎坦克。它不屑地掉转八十八毫米口径的炮管，看到了地上的箭头，然后开火，打死了除韦利之外所有火炮组人员。事情就是这样。

　　· · ·

罗兰·韦利只有十八岁，处在不愉快的童年的尾声。他是个不讨人喜欢的孩子，童年大部分时间是在宾夕法尼亚州的匹兹堡度过的。他不讨人喜欢是因为他笨，他胖，他小心眼，而且不管洗多少次澡，身上都有一股咸肉的臭味。在匹兹堡，他老是被不喜欢与他相处的人撂在一边。

韦利最痛恨被人撂在一边。每当韦利被人撂在一边时，他就去找一个比他自己更不讨人喜欢的人，与那个人一起胡闹一阵子，假装两人是朋友。然后他就找一个借口，把那人狠狠揍一顿。

这是一种范式。韦利与最终遭他痛打的人之间是一种疯狂的、充满性和谋杀欲望的关系。他给他们讲他父亲的收藏品：各色枪支、刀剑、刑具和脚镣等。韦利的父亲是个管道工，确实收集此类东西，还为收藏品上了四千美元的保险。他并非个例。此类物品收藏者组成了一个大俱乐部，他是成员之一。

韦利的父亲曾经送给韦利的母亲一只仍然可以用的西班牙拇指夹——给她当厨房的镇纸用。还有一次他送给她一盏台灯，灯座是一英尺高的著名的"纽伦堡铁娘子"模型。真正的"铁娘子"是中世纪的刑具，一种外形像女人的桶状器皿——上面有一排排的尖钉。正面由固定在铰链上的两扇铁门组成。设计的意图是将罪犯放在里面，然后慢慢把门关上。眼睛部位有两枚特殊的尖钉，底部设有排水道，以便让血流出。

事情就是这样。

• • •

韦利向比利·皮尔格林描述了"铁娘子"，给他讲底部的排水道——以及这东西的用处。他跟比利讲达姆弹，讲他父亲的大口径短筒小手枪。这种枪可以放进马甲衣袋随身携带，但威力大得足以在人体上打出一个大洞，"一只小美洲夜鹰从中穿过都碰不到翅膀"。

有一次韦利不屑地跟比利打赌，说他甚至连什么是血槽都不知道。比利猜想那一定是"铁娘子"底部的排水道，但答案是错误的。他被告知，血槽是大刀或刺刀表面的浅凹槽。

韦利给比利讲了他从书中和电影中看来的，从收音机里听来的关于酷刑的事——还有他自己发明的其他酷刑。他的发明之一是用牙科医生的钻头捅人的耳朵。他问比利最残酷的死刑是什么样子的。比利说不上来。正确的答案应该是这样的："你用木桩把那家伙固定在沙漠里的一个蚁丘上——明白吗？让他脸朝上，把蜂蜜涂在他的蛋蛋和鸡巴上，再把他的眼皮割掉，他闭不了眼睛，盯着太阳看到死去为止。"事情就是这样。

．．．

遭遇了冷枪袭击之后，韦利同比利和侦察兵一起躺在沟里，韦利硬要比利仔细看他的双刃短刀。这不是政府发的军用品，而是他父亲送给他的礼物。刀身长十英寸，横截面呈三角形。隆突的铜环组成刀把上一连串的圆孔，韦利粗短的手指穿过其中。这些圆孔并不一般，外圈竖着尖钉。

韦利将尖钉放在比利的面颊上，恶狠狠地带着收敛的爱怜在他脸上滑动。"你想让这东西捅一下吗——嗯？嗯嗯嗯嗯嗯嗯嗯嗯嗯？"他问道。

"我不想。"比利说。

"知道为什么是三角形的吗？"

"不知道。"

"这样捅出的伤口不会愈合。"

"哦。"

"捅出的是三角形的孔。你用一把普通的刀刺人——捅出的是一道口子，对不对？一道口子很快就愈合了，对不对？"

"对。"

"放屁。你懂什么？他们在大学里教你的是些什么鬼东西？"

"我在大学待的时间不长。"比利说。那是真话。他只读了六个月大学，而且那也算不上什么正规大学。是伊利昂验光配镜专科学校的夜校。

"野鸡学校。"韦利说得很刻薄。

比利耸耸肩。

"生活中的学问比你书本上读的要多，"韦利说，"你早晚会发现的。"

对此比利也没回答，因为他不想在沟里继续进行这样的谈话。但他有一种隐隐约约的冲动，想说至少他对流血的伤口还晓得一点。毕竟在比利的童年时代，每天的开始和结束，他几乎都在思考酷刑和血腥的创伤。在伊利昂他的小卧室的墙上，挂着一个异常恐怖的受刑十字架。艺术家对基督伤口的精确表现会让军队外科医生肃然起敬——长矛刺的伤口，芒刺扎的伤口，铁钉在皮肉上留下的孔眼。比利的基督死得很惨。他让人可怜。

事情就是这样。

. . .

尽管比利伴着墙上恐怖的受难十字架长大，但他不是个天主教徒。他的父亲不信教。他的母亲是城里好几个教堂的替补风琴手。不管她到哪里去弹琴，她都带着比利，还略微教过他弹奏。她说一旦她想好哪一教派是正确的，她就会加入教会。

她从未做出最后的选择。但她产生了得到一个蒙难十字架的强烈愿望。在大萧条时期，这个小家庭去西部旅行了一次，她在圣菲的一家礼品商店买了一个。像其他许多美国人一样，她试图从礼品屋找到的东西中建立起生活的意义。

十字架就这样来到了比利·皮尔格林的墙上。

. . .

两个侦察兵在沟里紧紧抱着他们的核桃木枪托，轻声说到了该朝外走的时候了。已经过去了十分钟，没人出来查看他们是否被击中，或者将他们解决掉。不管打枪的人是谁，此人显然在远处，而且独自一人。四个人从沟里爬出，没有引发更多的枪击。他们像落难的大型哺乳动物，爬入一片树林。然后他们站起身来，开始快速行走。树林又黑又冷。松树成行成排地种植，中间没有灌木丛。地面上覆盖着未被踩踏过的四英寸厚的积雪。这些美国人别无选择，只能在雪地上留下行踪，就像交谊舞教科书上的示意图那样清晰无误——跨步，滑，停——跨步，滑，停。

. . .

"跟上，不要掉队！"从沟中出来时罗兰·韦利向比利·皮尔格林发出警告。韦利看上去像特威德尔顿或特威德尔迪[14]，他又矮又胖，全身披挂，随时准备作战。

部队发的每一件装备、从家里收到的每一件礼物，他都挂在身上：钢盔、钢盔衬帽、毛线帽、围巾、手套、棉内衣、羊毛内衣、羊毛衬衫、运动衫、军上衣、夹克、大衣、棉内裤、羊毛内裤、羊毛裤子、棉袜子、羊毛袜子、作战靴、防毒面具、军用水壶、野战餐具、急救箱、双刃短刀、毯子、行军帐篷、雨衣、用来防弹的《圣经》、一本名为《知己知彼》的小册子、另一本名为《我们为何而战》的小册子，还有一本用英语发音注音的德语词语手册，帮助韦利用来向德国人发问，诸如"你们的司令部在哪里？""你们有多少门榴弹炮？"，或者对他们说"投降吧，你们没有退路了"，如此等等。

韦利有一段西印度轻木，用来在散兵坑做枕头的。他有一只保健箱，里面有两只耐用的避孕套，"仅用于疾病预防"！他有一只哨子，要等到哪天他被提升为班长了才会拿出来给人看。他有一张下流照片，画面中一个女人正试图与一匹设得兰小种马进行交媾。好几次他强行让比利·皮尔格林欣赏那张照片。

．．．

那个女人和小种马在边缘有小布球装饰的天鹅绒布前摆好姿势，两边是古希腊多利斯型石柱。其中一根石柱前摆着一棵盆栽棕榈。韦利的照片是历史上第一张色情摄影作品的复制品。摄影这一词在 1839 年首次被使用。也就在那一年，路易斯·达盖尔向法国科学院证明，图像涂在一层薄银碘化物的镀银金属片上后，可以用水银灯进行显影。

仅仅两年以后的 1841 年，达盖尔的一名助手，安德雷·勒·菲弗尔因试图向他人出售一张女人与小种马交媾的相片而在杜伊勒利花园被逮捕。韦利也是在那里购买这张照片的复制品的——在杜伊勒利花园。勒·菲弗尔争辩说，这张相片是艺术品，他的意图是让希腊神话重现生命。他说希腊石柱和盆栽棕榈便是证明。

当他被问及想表现的是哪一个神话故事时，勒·菲弗尔回答说有成千个诸如此类的神话故事，由女人代表凡人，小马代表天神。

他被判处六个月的监禁。在监狱里他因肺炎而死去。事情就是这样。

．．．

比利和两个侦察兵都瘦骨嶙峋。罗兰·韦利身上有足够的脂肪提供热量。在一层层的羊毛、帆布和盘绕的带子的包裹下，他成了一只熊熊燃烧的火炉。他精力充沛，忙碌地往来于比利和两个侦察兵之间，传递着无人发出也无人乐于领受的愚蠢信息。因为比别人忙碌得多，他也隐约感到自己是个领头的。

　　他包裹严实，浑身发热，以至忘记了处境的危险。他对外部世界的了解，全凭头盔下沿与围巾之间露出的小缝中的所见。这条从家中带来的围巾由鼻梁向下遮住了他整张娃娃脸。他被包裹得舒适无比，以至假想着自己从战争中归来，平安在家，向父母和姐姐讲述真实的战争故事——而与此同时，真实的战争故事仍然还在进行之中。

　　韦利头脑中真实战争故事的版本是这样的：德国人大举进攻，韦利和他的反坦克部队战友殊死作战，除了韦利以外其他人都战死疆场。事情就是这样。然后韦利与两个侦察兵走到了一起，马上成了亲密无间的战友，决定杀回自己的防线。他们快速行进。他们宁死不会投降。他们互相握手明志，称自己为"三个火枪手"。

　　后来，那个该死的大学生小子来了，请求与他们同行。他弱不禁风，根本就不该来参军。他甚至连一杆枪、一把刀都没有。他甚至连钢盔和军帽都没有。他甚至连路都走不好——走起路来一高一低、一高一低地颠簸，让人无法忍受。他还暴露了他们的行踪。他是个可怜虫。"三个火枪手"又推又抬又拽，把大学生小子拖到了他们自己的防线。韦利的故事是这样展开的。他们替他捡回了一条该死的小命。

　　在现实生活中，韦利正沿着自己的足迹返回，想去弄明白比利到底发生了什么事。他让两个侦察兵等一下，自己回头去找那个大学生浑蛋。他经过一棵树伸出的低树枝，头盔上部撞出"哐啷"一声。韦利没有听见。一条大狗吠叫起来。韦利也没有听见。他头脑中的战争故事正处在一个激动人心的时刻。一名军官正向"三个火枪手"祝贺，并对他们说要向上级举荐，授予他们铜星奖章。

　　"我还有什么可以为你们做的吗，小伙子们？"军官说。

"是的，长官，"一个侦察兵说，"战争余下的时间我们都希望能够一起作战，长官。您是不是可以设法做个安排？这样，就永远没有人能够拆散'三个火枪手'。"

• • •

比利·皮尔格林在林子里停下不走了。他倚在一棵树上，闭着眼睛。他脑袋后仰，鼻孔张大，像帕特农神庙的诗人雕像。

正是这个时候，比利第一次从时间链上脱开了。他的注意力开始在人生的弧线上大幅度摆动，进入死亡领域。那里紫气四溢，没有人，也没有任何东西。那里只有紫色的光泽——还有嗡嗡的声响。

接着，比利在摆动中又重新晃回人生，向后倒行，直至出生之前的阶段，那里有红色的光泽和汩汩细声。接着他又晃回人生，在那里停留下来。他是个小男孩，同身上毛茸茸的父亲一起在伊利昂基督教青年会旅馆淋浴。他闻到隔壁游泳池漂白粉的气味，听到跳板的震颤声。

小比利惊恐万状，因为他父亲说要让比利通过水中自救的方式，要么沉，要么游，来学会游泳。他父亲将比利扔进深水区，比利必须挣扎着游起来。

这就像执行死刑。父亲将他从淋浴室抱到游泳池时，比利意识麻木。他紧闭着两眼。当他睁开眼睛时，发现自己在游泳池底，到处飘溢着优美的音乐。他失去了知觉，但音乐还在继续。他隐约感到有人将他救起。比利讨厌这种经历。

• • •

他的时间旅行从那里来到 1965 年。他四十一岁，正在松树丘养老院探望年老体衰的母亲。仅一个月之前，他将老人安顿在那里。她得了肺炎，以为活不过这场病灾。但是她活了下来，此后生活了好多年。

她几乎已经失声，所以，为了听清她的话，比利必须将耳朵凑到她薄得像纸片一样的嘴唇旁边。很显然她有要事相告。

"我怎么……"她开始说，说着就停下了。她太疲倦了。

她希望不用继续说下半句，让比利帮她把话说完。

但比利完全不知道她脑子里想的是什么。"'我怎么'什么呀，妈？"他提示道。

她费力地咽下口水，流下了眼泪。她集中衰弱不堪的身体中从脚趾到手指的全部力气。最后她终于聚集了足够的力量，轻轻说完了整句话：

"我怎么老成这个样子？"

• • •

比利的老古董母亲晕了过去，比利由一名漂亮的护士带出病房。走在走廊时，一个蒙着被单的老人尸体从比利身边推过。这个男人曾是个马拉松运动员。事情就是这样。附带说明一下，这些事情发生在比利因飞机失事伤了脑颅之前——也在他津津乐道大谈飞碟和时间旅行之前。

比利在休息室坐下等候。当时他还不是个鳏夫。他感到塞得鼓鼓的椅子垫里有个硬的东西，取出一看，发现是一本书，是威廉·布雷德福·休伊写的《处决列兵斯洛维克》。列兵埃迪·斯洛维克，编号 36896415，被美国行刑队执行了枪决。这是关于他的真实记录。他是自南北战争以来唯一因怯战而被处死的美国士兵。事情就是这样。

比利读了斯洛维克案参审法官的评述观点，其结尾是这样的：他直接对政府的权威构成挑战，只有对这种挑战做出坚决回击才能建立未来的纪律。如果可以对逃兵处以死刑，那么就应该在本案中加以实施，不是为了处罚或惩治，而是为了维护军纪。只有建立在铁的纪律之上的军队，才能克敌制胜。本案没有收到宽大处理的请求，也没有从轻发落的余地。事情就是这样。

• • •

比利在 1965 年眨了下眼睛，通过时间旅行来到 1958 年。他参加为少年棒球联合会球队举行的宴会。他儿子罗伯特是球队队员。球队的老光棍儿教练正在发言。他激动得说不出话来。"说真心的，"他说，"即便只是给这些孩子送送水，我也觉得非常荣幸。"

• • •

比利在 1958 年眨了下眼睛，通过时间旅行来到 1961 年。那是新年前夜，比利在一个晚会上喝得酩酊大醉，出乖露丑。参加晚会的每个人都是验光配镜行业的，或者是同验光配镜师结婚的。

比利平常喝酒不多，因为他的胃在战争期间受到损害，但这回他显然喝多了。这是第一次，也是唯一的一次，他对妻子瓦伦西娅不忠。他设法说服一个女人一起来到屋里的洗衣房，然后坐在还开着的煤气烘干机上。

那个女人也喝得烂醉，帮着比利脱掉自己身上的紧身衣。"你想跟我谈些什么？"她问。

"那没关系。"比利说。比利确确实实认为那没关系。他连那个女人的名字都没记住。

"他们怎么会叫你比利，而不叫威廉[15]？"

"商业需要。"比利说。这倒不假。他的岳父，拥有伊利昂验光配镜专科学校并帮着比利开始自己生意的那个人，是这方面的天才。他让比利怂恿别人叫他"比利"——因为这个名字容易留在人们的记忆中。这个名字会让他带上点神秘色彩，因为周围没有一个叫"比利"的成年人。这个名字也会迫使人们马上把他看作朋友。

• • •

有人对比利和那个女人表示厌恶，情景令人难堪。后来比利不知怎么上了汽车，一下子没有找到方向盘。

现在最重要的事情是找到方向盘。一开始，比利两手一圈圈地摸索，希望碰巧能摸到，但没成功。然后他按部就班，用一种不可能错过方向盘的方法，先让自己重重地倚在左手边的车门上，搜索面前的每一寸空间。找不到方向盘，他就挪过去六英寸，继续搜寻。奇怪的是，他最后重重地倚在右侧的车门上，还是没有找到方向盘。他得出结论，有人偷走了他的方向盘。他十分生气，然后就不省人事了。

他坐上了汽车的后排，这就是他一直找不到方向盘的原因。

• • •

有人使劲把比利摇醒。比利仍然醉意蒙眬，还在因方向盘被盗而怒气未消。他回到了第二次世界大战中，在德军的防线后方。摇晃他的人是罗兰·韦利。韦利两手拽着比利野战夹克的前部，把他朝一棵树上撞，又把他从树干旁拉开，朝他应该以自己的力量行走的方向甩了出去。

比利站住了脚，晃了晃脑袋。"你们自己朝前走。"他说。

"什么？"

"伙计们，你们自己走，别管我。我没关系。"

"你没什么？"

"我没问题。"

"老天爷——我最受不了有人生病。"韦利透过从家中带来的五层厚的湿漉漉的围巾说。比利从来没有看到过韦利的面孔。有一次他曾想象过这张脸的样子，想到的是鱼缸里的一只蛤蟆。

韦利踢着、推着比利走了四分之一英里。两个侦察兵在一条结冰小河的两岸之间等候。他们听到了狗的吠叫声。他们也听到了人们互相呼唤——就像猎人基本摸清猎物所在地时发出的呼唤声。

小河的河岸很高，侦察兵站在河床上也不会被看见。比利跌跌撞撞走下河岸，模样怪异。韦利跟在他后面，叮叮当当哐哐，热气腾腾。

"把他带来了，伙计们，"韦利说，"他不想活了，但他不得不活下去。等过了这阵子，老天做证，他这条小命是'三个火枪手'给捡回来的。"

比利·皮尔格林站在河床上，心里想着，他，比利·皮尔格林，正在毫无痛苦地化作蒸气。只要别人不去管他，只消一小会儿，他心想，他就不会再给任何人带来任何麻烦了。他会化成蒸气，从树梢上方升腾而起。

远处那条大狗又吠叫起来。在恐惧、回声和冬日的寂静的作用下，狗的叫声就像敲响的大铜锣。

罗兰·韦利，十八岁，慢慢挤到两个侦察兵中间，用两条沉重的胳膊各搂着一个侦察兵的肩膀。"现在'三个火枪手'该怎么行动？"他问。

比利·皮尔格林正笼罩在愉快的幻觉之中。他穿着干燥、暖和的白色袜子，在舞厅地板上溜冰。成千人喝彩欢呼。这不是时间旅行。他从来没有过这样的经历，将来也不会发生。这是一个鞋子里灌满积雪、快要死去的年轻人头脑中的疯狂念头。

一个侦察兵垂着头，让唾液从嘴里落下。另一个效法而行。他们正在考察唾液在雪地和历史上留下的微不足道的效应。他们个子矮小，举止得体。他们曾多次深入德军敌后——像林子里的动物那样，保持着惊恐的警觉，活一时算一时，用他们的脊髓而不用大脑进行思考。

他们从韦利爱抚的胳膊中挣脱出来。他们告诉韦利，让他和比利最好找个人去投降。两个侦察兵不想再这样一路等他们了。

他们将韦利和比利抛弃在河床上。

· · · ·

比利·皮尔格林继续溜冰，穿着保暖袜做一些让人难以置信的高难度动作——特技旋转，在某一小点上戛然停住，如此等等。喝彩一阵又一阵，但音调发生了变化，因为此时比利的幻觉让位给了时间旅行。

比利不再溜冰，发现自己正站在纽约伊利昂一家中餐馆的讲台后面，时间是 1957 年秋天的一个下午，时间还不算太晚。狮子会[16]成员全体起立向他表示敬意。他刚被选为主席，有必要讲几句话。他吓得浑身僵直，感觉好像犯了一个严重的错误。所有在座的家境殷实、事业成功的人士马上会发现，他们选了一个滑稽可笑的流浪汉。他们将听到他又细又尖的嗓音——他的声音是在战争中变成这样的。他咽了咽口水，心里明白他为话筒准备的只有一只细柳条做的小哨子。更糟的是——他没话可说。听众静了下来。每个人满脸红光，神采奕奕。

比利张嘴说话，声音浑厚洪亮。他的嗓门是神奇的工具。他讲笑话，让整个大厅前俯后仰。他变得严肃，然后又幽默起来，最后以答谢语结束演讲。对这个奇迹的解释是：比利学过公众演讲。

然后他又回到了结冰的小河河床上。罗兰·韦利正准备揍他个屁滚尿流。

· · · ·

韦利义愤填膺。他又被人抛弃了。他把手枪塞进枪套，把刀插入刀鞘——那把三面刀锋带血槽的刺刀。然后他抓着比利，使劲摇晃，把他的骨头架子摇得咯咯作响，又猛地将他推到河岸上。

韦利透过从家中带来的一层层围巾又喊又叫。他语无伦次，说为了比利他做出了多少牺牲。他大肆渲染"三个火枪手"的虔诚和勇敢，用最光彩照人、慷慨激昂的言辞，赞美他们的善德和气度，赞美他们为自己赢得的不可摧毁的荣誉，以及为基督教做出的伟大贡献。

韦利觉得，这一战斗团队不复存在，完完全全是比利的过错。因此比利必须为此付出代价。韦利给了比利下颌的一侧狠狠的一拳，打得他摔出河岸，跌倒在小河盖着积雪的冰面上。比利在冰上四肢着地，韦利踢他的肋部，踢得他侧身打了个滚儿。比利把身体缩成一团。

"你根本就不配待在军队。"韦利说。

比利不由自主地发出抽搐的声音，听起来很像笑声。"你觉得很好笑，对吧？"韦利问道。他绕到比利的背后。由于暴力作用，比利的夹克、衬衣和内衣被翻卷到了肩部周围，赤裸裸的背露在外面，离韦利作战皮靴尖仅几英寸之遥，露出比利一串可怜的脊椎骨。

韦利将他的右脚战靴向后收，瞄准脊椎，准备一脚踢向这条裹藏着比利无数重要线路的管道。他要砸碎这条管道。

但那时，韦利发现周围有观众。五个德国士兵牵着一条警犬正站在河岸上，朝下看着小河河床。这几个士兵疲惫的蓝眼睛里充满平民的好奇，不明白为什么在离家如此遥远的地方，一个美国人想要谋杀另一个同胞，为什么受害者还觉得好笑。

3

几个德国人和那条狗正在参与一次军事行动。这种军事行动有一个有趣的名称能说明其内涵，那一种很少被人描述过的人类经历，在作为新闻和历史事件进行报道记载时，其名称本身能给战争狂热分子带来某一种类似性交后的满足感。在战争拥趸的想象中，它是胜利的情欲高潮出现后的一种神圣而无精打采的调情。这种军事行动的名称叫"清场"。

那条在冬季旷野中吠声如此凶恶的狗，是一条雌性德国牧羊犬。它浑身打战，尾巴夹在两腿中间。它是那天早上从一个农场主那儿借来的，此前从来没有经历过战争。眼下到底玩的是什么游戏，它浑然不知。它的名字叫"公主"。

• • •

德国人中有两个还是男孩，才十几岁；两个是摇摇晃晃的老人——淌着口水，像鲤鱼一样没有牙齿。他们不属于正规部队，身上零杂的武器和服装配备，都是从刚刚战死的真正士兵身上捡来的垃圾。事情就是这样。他们是德国边境地区的农民。

他们的指挥官是一个中年下士——眼睛通红，细瘦干瘪，像嚼不烂的干牛肉，对战争已经十分厌倦。他受过四次伤——修修补补后又被送上前线。他是个优秀士兵——但几乎已经想放弃，想找个人缴械投降。他的罗圈腿塞在一双金色骑兵靴中，那是他在俄罗斯前线从一个死去的匈牙利上校身上脱下来的。事情就是这样。

这双靴子几乎是他拥有的所有财产。那是他的家园。一段小插曲：有一次，一个新兵看着他给这双皮靴打蜡上光，他把其中一只拿到新兵面前，说："如果朝里看得足够深，你能看见亚当和夏娃。"

比利·皮尔格林没有听说过这段插曲，但当他躺在黑色的冰面上，盯着下士皮靴古铜色的光泽时，他在金色的深邃里看到了亚当和夏娃。他们赤身裸体，如此无辜，如此无助，如此急于好好表现。比利·皮尔格林十分喜爱他们。

• • •

金色皮靴旁边是一双用破布包裹的脚。这双脚被帆布带交叉捆绑着，蹬在一双装着铰链的木屐上。比利抬头看木屐上方的那张脸，看到的是一个十五岁小男孩的一张金发小天使的面孔。

男孩长得就像夏娃一样漂亮。

. . .

那个可爱的男孩，那个神圣的双性体，扶着比利站起来。其他几人走上前来帮比利拍掉身上的雪，然后在他身上搜查武器。他没有武器。他们在他身上找到的最危险的东西是一截两寸长的铅笔头。

远处又传来三声没有威胁的枪响，来自德国人的步枪，将韦利和比利抛弃的那两个侦察兵刚刚被击毙。他们正在伏击德国人，被发现后被人从背后打死。他们躺在雪地上渐渐死去，毫无知觉，将雪地染成草莓果子冻的颜色。事情就是这样。于是罗兰·韦利成了"三个火枪手"中仅剩的一个。

韦利被解除武装，暴突的眼中充满恐惧。下士将韦利的手枪交给漂亮男孩。他欣赏着韦利那把凶险的短军刀，用德语说，有机会的话，韦利无疑会在他身上试刀，用刀把上的钉环将他的脸撕烂，把刀锋插进他的腹部或喉咙。他不会说英语，而比利和韦利一句德语也听不懂。

"你的玩具不错，"下士对韦利说，然后把刀交给一个老年士兵，"这东西真的很漂亮，嗯嗯嗯嗯？"

他撕开韦利的外衣和衬衣，铜纽扣像飞溅的爆米花。下士将手伸向韦利裸露的前胸，就好像要把他跳动的心脏揪出来，但取出来的却是韦利的防弹《圣经》。

防弹《圣经》就是可以放进士兵胸前衣袋的非常小的《圣经》，正护着心脏。外面是一个钢套子。

下士在韦利的后裤袋里找到了那张女人与小矮马的下流相片。"多么幸运的小马，啊？"他说，"嗯嗯嗯嗯？嗯嗯嗯嗯？你难道不想成为那匹小马？"他把相片交给了另外一个老年士兵，"战利品！属于你的，全属于你的，你这个交好运的小伙子。"

然后他让韦利坐在雪地上，脱下野战靴子，把皮靴给了漂亮男孩。他把男孩的木屐给韦利穿。这样，韦利和比利两人现在都失去了体面的军用鞋。他们不得不走很远很远的路程，韦利的木屐噼啪噼啪地打着地面，比利一高一低、一高一低地颠簸，不时趔趄着朝韦利的后背撞去。

碰撞后比利就说"对不起"，或者说"请你原谅"。

最后他们被带到了岔路口的一座石头村舍。这是战俘收留站。比利和韦利被带进屋子，里面烟气腾腾，很暖和。壁炉里的火嘶嘶地燃烧着，噼啪作响。燃料是家具。屋里大概还有其他二十个美国人，背靠着墙坐在地上，眼睛盯着壁炉里的火焰——思考着他们能思考的东西，而当时能思考的东西并不存在。

没有人说话。没有有趣的战争故事可以交换。

比利和韦利给自己找了个地方，比利把头靠在一个上尉的肩上睡着了。上尉是个随军神职人员，没有表示不满。他是个犹太教拉比，被子弹打穿了手掌。

比利开始了时间旅行，张开眼睛，发现自己瞪着一只翠绿色机械猫头鹰的玻璃眼睛。猫头鹰被一根不锈钢杆倒挂着，是比利在伊利昂营业厅的视力仪。视力仪是用来测试眼睛折射误差的仪器——以便开出配制矫正镜片的验光单。

比利为坐在猫头鹰那一侧的一位女患者检查视力时进入了梦乡。他以前工作时也睡着过。起先，他觉得这事很好笑，而现在比利开始为此、为他脑子的整体状况感到不安。他努力回忆自己多大年纪，但想不起来。他努力回忆今年是哪一年，还是想不起来。

"医生。"患者小心翼翼地说。

"嗯？"他说。

"您一点动静都没有。"

"对不起。"

"您刚才滔滔不绝——然后就一点声音都没了。"

"噢。"

"您觉得情况很严重？"

"严重？"

"我眼睛有病？"

"没有，没有，"比利说着又感到瞌睡了，"您的眼睛没问题，只是需要配阅读用的眼镜。"他告诉她穿过走廊——那边有各种各样的镜架可供选择。

. . .

她离开后，比利拉开窗帘，仍不知外面的情况。活动百叶窗仍然挡着他的视线，他啪啦将百叶窗拉起。明亮的阳光一下子闯进室内。窗外停着成千辆小车，在宽阔的沥青湖面闪闪烁烁。比利的营业厅是市郊购物中心的一部分。

就在窗外，停着比利自己的凯迪拉克轿车。他看到保险杠上贴的小标语条。其中一条写着："欢迎来到奥萨博尔峡谷[17]。"另一条写着："支持你们的警署。"还有第三条，上面写着："弹劾厄尔·瓦伦[18]。"关于警署和厄尔·瓦伦的标语条，是比利的老丈人送给他的礼物，他是约翰·伯奇协会[19]的成员。车牌上的年份是 1967 年，也就是说那年比利·皮尔格林四十四岁。他愕然自问道："这么些年都从哪儿溜走了？"

. . .

比利把注意力转到办公桌上。桌上有一本打开着的《验光配镜论坛》。杂志翻开处是一篇编者的话，比利读这篇文章，嘴唇微微颤动。

1968 年发生的事将主导欧洲验光配镜业至少五十年时间！

比利读下去：

比利时全国眼科专家联合会秘书吉恩·瑟利亚特带着这一警告呼吁成立"欧洲验光配镜业协会"，他说，若不获得专业资格，到 1971 年，眼镜商的功能必将被削弱。

比利·皮尔格林尽力使自己在乎这一信息。

一声汽笛将他吓得魂不附体。他担心第三次世界大战在任何时候都有可能爆发。汽笛安装在比利的营业厅对街消防局的屋顶上，宣告此时正是中午

十二点，别无他意。

比利闭上双眼。当他睁开眼睛时，又回到了第二次世界大战中，头靠在受伤的拉比肩上。一个德国人正踢他的脚，把他叫醒，该上路了。

· · ·

这些美国人，包括比利在内，在外面的马路上组成了一支小丑游行队。

人群中有一个摄影师，带着一架莱卡照相机，是德国的战事记者。他对着比利和罗兰·韦利的脚拍了一些照片。两天后其中一张照片在各处刊登，成为鼓舞人心的证据：尽管美国号称富国，其军队的装备却是何等可悲。

然而，摄影师还想要更生动的画面，要一个实施抓捕的实景场面。于是卫兵们为他上演了一幕。他们将比利扔进灌木丛中。当比利满脸堆着愚蠢的友善表情从灌木丛中爬出时，他们用自动手枪对准他，就好像当时正对他实施抓捕。

· · ·

比利从灌木丛中出来时，脸上的笑意至少像蒙娜丽莎一样奇特，因为他同时置身两地，既站在 1944 年德国的土地上，又在 1967 年驾驶着他的凯迪拉克车。德国渐渐淡去，1967 年变得明亮清晰，不受其他时间的干扰。比利正行驶在去狮子会参加午餐聚会的路上。那是个炎热的 8 月，但比利的汽车装有空调。在伊利昂黑人聚居区中心，一个告示让他停下。居住在那里的人对这个贫民窟恨之入骨，一个月前将其中很大一部分烧掉了。这是他们所有的一切，但他们将它废了。这里的街区使比利想起战争期间见过的一些城镇。

路沿和人行道很多地方被碾坏，标示着国民卫队的坦克和半履带车辆曾到达了哪些地方。

• • •

一家被砸毁的杂货店侧墙上，用粉红色颜料写着"结拜兄弟"几个字。

有人敲了一下比利的车窗。车外站着一个黑人。他有话要说。交通信号灯变成了绿色。比利对此做出了最简单的反应：开车走人。

• • •

比利开车经过一片更加败落的地方。这地方看起来很像受燃烧弹轰炸后的德累斯顿——像月球的表面。比利从小居住的房子就坐落在现已是一片空旷地的某处。这里是城市重建计划的一部分。一个新的伊利昂市政中心、一个艺术亭、一片和平湖和一些高层公寓房将很快在这里建起。

这些，比利·皮尔格林并不反对。

• • •

应邀前来狮子会做演讲的，是一位海军少校。他说美国人别无选择，必须继续在越南打下去，直到取得胜利，直到共产党明白他们不能将自己的生活方式强加于弱小国家。这位少校因公务去过两次越南。他讲述了亲眼所见的许多可怕的事情和许多美好的事情。他赞成加大轰炸力度，如果他们冥顽不化，就把北越炸回石器时代。

• • •

比利并没有情绪激动地站起来抗议对北越的轰炸，也没有因目睹过轰炸造成的恶果而战栗。他只不过以前任主席的名义来参加狮子会的午宴而已。

• • •

比利的营业厅有一幅配镜框的祈祷词，表达的是他的生活态度，尽管他对生活并不是满腔热情。很多前来验光配镜的人对他说，看过比利墙上的祈祷词，他们也同样受到鼓舞。上面是这样写的：

上帝赐予我

接受我无法改变之事物的平静，

改变可改变之事物的勇气，

以及区分这两者之不同的

永恒智慧。

属于比利·皮尔格林无法改变的诸多事物中，包括过去、现在和将来。

• • •

比利被介绍给了海军少校。引见的人告诉少校，比利是个退伍老兵，有个儿子是绿色贝雷帽特种部队的中士——也在越南。

少校对比利说，绿色贝雷帽干得很出色，他应该为儿子感到骄傲。

"当然。那是当然。"比利·皮尔格林说。

• • •

午餐会后，他回家睡午觉。这是医生的叮嘱，他必须每天睡午觉。医生认为这样可以减轻比利的症状：三天两头，没有特别的理由，比利·皮尔格林会自己哭起来。从来没有人看到比利无故哭泣，只有医生知道。他哭泣的时候非常安静，而且泪水不多。

• • •

比利在伊利昂有一个可爱的乔治时代风格的家。他富得像个财主，这是他未曾想到过的，一百万年也不会想到。他的营业厅坐落在购物中心里，有五位验光配镜师为他工作，一年纯收益超过六万美元。此外，他还拥有 54 号公路边一家新假日酒店五分之一的股权和三个"美味冻品"摊位的一半。"美味冻品"是一种软质奶油冰激凌，具有普通冰激凌的所有美好口感，但没有一般冰激凌冷冽的刺口感觉。

• • •

比利的屋中空空荡荡。他女儿芭芭拉快要结婚了，妻子陪着她到市中心选购玻璃器皿和银器。厨房桌上留下的纸条上是这么说的。家中没有雇用人。人们对家政服务行业没有兴趣。家里也没有养狗。

原来家中曾养过一条狗，名叫"斑点"，但它死了。事情就是这样。比利非常喜欢"斑点"，"斑点"也喜欢他。

. . .

比利踏着铺着地毯的楼梯来到楼上他和妻子的卧室。房间墙上贴着花饰图案的墙纸，室内一张双人床，床边柜上放着一台带钟的收音机。放在柜上的还有电热毯的控制器和一只轻微震动的按摩器的开关，按摩器安装在席梦思的弹簧上。震动按摩器的商品名叫"魔指"。使用按摩器也是医生的建议。

比利摘下三光镜，脱下外衣，解开领结，脱掉鞋子，拉起百叶窗和窗帘，然后在床罩上躺下。睡意迟迟不来。来的却是眼泪。眼泪慢慢从眼眶渗出。比利打开"魔指"，一边被轻轻颠颤着，一边流着眼泪。

. . .

门铃响了。比利从床上爬起，透过窗户俯视楼下门前的台阶，看看是否有重要人物来访。下面站着一个跛脚男人，就像比利·皮尔格林无法控制时间转换一样，他也无法控制他的移动空间。由于痉挛，此人不停地晃动、舞蹈，不停地变换着面部表情，就像在尝试着模仿不同的著名影星。

另一个跛足人在街对面按门铃。他只有一条腿，挂着拐杖。他被两根拐杖挤在中间，耸起的肩膀碰到了耳朵。

比利知道这些瘸子的意图：他们在推销杂志订阅，但杂志永远不会送到家来。还是有人从他们那儿预订，因为推销员实在让人可怜。两周前比利在狮子会听到过警告——是一个来自企业优化局的演讲者说的。那个人说，任何人看到瘸子在社区推销杂志订阅，都应该报告警察。

比利观察下面的街道，发现大约半个街区之遥的地方停着一辆新的别克车，里面坐着个男人。比利做出正确的推测，此人便是雇用瘸子做事的人。比利一边思考这些跛足人和他们的老板，一边继续哭泣。他的门铃狂呼乱叫起来。

他闭上眼睛，然后又睁开。他仍在哭泣，但回到了卢森堡，与其他许多战俘一起行走在队列中。冬天的寒风吹得他流出了泪水。

　　• • •

上一次为了拍照，卫兵将他扔进灌木丛。自那以后，他就不断看见圣艾尔摩之火[20]——一种在他的同伴和看守头部周围发出的电光。这种光也出现在卢森堡的树梢和房屋顶上，非常美丽。

行进中，比利两手放在头顶上，其他美国人也都如此。比利一高一低、一高一低地颠簸，趔趄着撞在罗兰·韦利的身上。"对不起。"他说。

韦利的眼里也充满泪水。韦利哭是因为脚上的剧痛。带铰链的木屐把他的两脚变成了血布丁。

在每条道路的交叉口，更多的美国人加入比利的队伍，手都放在带有光轮的头顶上。比利对着每个人微笑。他们像流水一样，不断向山下淌去，最后流到山谷的一条大路上。这条由蒙受羞辱的美国人组成的密西西比河，一路淌过山谷。成千上万个美国人，两手放在头顶上，拖沓地缓缓东行。他们叹息着，呻吟着。

　　• • •

比利和他的小队汇进了这条羞辱的河流。下午近傍晚，太阳探出了云层。美国人并不独享这条大道。西行的车道上挤满了将德国后备兵送往前线的车辆。后备兵是些粗暴、粗悍、粗鲁的乌合之众，牙齿像钢琴的琴键。

他们身上捆束着自动步枪带，嘴里叼着雪茄，大口大口地喝着烈性酒。他们狼吞虎咽地吃着香肠，用木柄手榴弹[21]拍打着粗糙的手掌。

一个穿黑制服的士兵坐在坦克顶上，独自一人享用着醉酒英雄的野餐。他朝美国人吐唾沫。吐出的唾沫击中罗兰·韦利的肩膀，给他挂上一条由鼻涕、血肠、烟叶汁和德国烈酒混合而成的绶带。

那天下午，比利感觉到一种刺痛般的兴奋。眼前可看的东西那么多——龙牙[22]、杀人机器、露着青灰色光脚的尸体。事情就是这样。

比利一高一低、一高一低地颠簸着前行，突然眼前一亮，看到一座可爱的淡紫色的村舍，墙上布满斑驳的机枪弹痕。房子歪斜的门前站着一个德国上校，身边是一个没有化妆的妓女。

比利趔趄着一头撞向韦利的肩膀，韦利带着哭腔叫了起来："走稳点！走稳点！"

他们爬上一道缓坡。登到山顶时，他们已经走出卢森堡，到达德国境内。

• • •

边境上架着一架摄影机——用来记录这场了不起的胜利。当比利和韦利走到其近旁时，两个穿着熊皮袄的非军事人员正伏在摄像机后。几小时前他们已经用完了胶卷。

其中一个把目光停落在比利的脸上看了一小会儿，然后又投向遥远的地

方。遥远的地方升腾起一柱细细的烟雾。战斗在那里打响，人们在那里死去。事情就是这样。

太阳落山的时候，比利在一个铁路站的院子里一颠一跛地走着。一排又一排的货车铁皮在那里等候着。这些闷罐车刚刚将后备军送往前线，现正等着将战俘运往德国内地。

手电筒光柱疯狂地舞蹈着。

• • •

德国人按军衔把战俘们分开。他们将中士与中士、少校与少校分在一起，如此等等。一支全由上校组成的小队在比利面前停下。其中一个得了双侧肺炎，发着高烧，头昏目眩。当车站院子在上校周围旋转翻滚时，他试图用盯住比利眼睛的办法，努力使自己站稳。

上校不停地咳嗽，然后问比利："你是我部下的人吗？"此人率领的整个团被歼灭，大约有四千五百人——其中很多还是没有长大的孩子。比利没有回答。这个问题不着边际。

"你属于哪个部队？"上校问。他不停咳嗽。每吸一口气，他的肺就像油纸袋一样咔嚓作响。

比利记不起他原来属于哪个部队。

"你是四五〇一部队的人？"

"四五〇一什么？"

接着是一阵沉默。"步兵团。"上校最后说。

"哦。"比利·皮尔格林说。

．．．

又是一阵很长的沉默。上校渐渐陷入死亡，在自己站着的地方被淹没。最后他哭泣着喊道："记住我，伙计们！记住疯狂鲍勃！"他一直让部队里的人这样称呼他："疯狂鲍勃"。

除了罗兰·韦利之外，听到他说话的人没有一个是他那个团的，而韦利没在听他说什么。他满脑子想的都是脚上的剧痛。

但是上校幻想着自己正在对心爱的部队做最后一次演讲，告诉他们，他们应该感到问心无愧。战场上到处躺着被他们击毙的德国人，这些人求天告地只愿没听过四五〇一部队的名字。他说等战争结束以后，他要在自己的家乡，怀俄明的科迪，举行全团重聚会。他将用烤全牛犒劳战友。

他说这些话的时候一直盯着比利的眼睛。他的这些废话在可怜的比利的脑壳中回荡。"愿上帝保佑你们，伙计们！"他说。这话久久回荡着。接着他又说："如果有机会来怀俄明的科迪，只消打听一下疯狂鲍勃，无人不晓！"

我在现场。我的战时老伙伴伯纳德·维·奥黑尔也在场。

．．．

比利·皮尔格林同其他许多列兵一起被塞进了闷罐子车厢。他与罗兰·韦利分手了。韦利被塞进了同一趟列车的另一节车厢。

车厢的角落，车顶下面，有几个窄小的通风口。比利站在其中一个通风口旁边，越来越多的人向他挤过来，他一半身体爬上了对角的一个托架，以便腾出空间。这样他的眼睛正好在通风口的高度，能看到大约十码开外的另一趟列车。

德国人用蓝粉笔在车皮上写上标记——每节车的人数、军衔、国籍以及装车发运的日期。其他德国人用铅丝、铁钉和其他铁道旁的垃圾锁上车厢门搭扣。比利能听到有人在他那节车皮上写字，但看不到是谁在做这件事。

比利所在的那节车厢，大部分列兵都非常年轻——还在童年的尾巴上。但被挤到比利那一角的列兵从前是一个流浪汉，已经四十岁了。

"我从前也挨过饿，比现在更厉害，"流浪汉对比利说，"我从前到过比现在更糟的地方。这里还不算太坏。"

⋅ ⋅ ⋅

对面那列车中有人透过通风口向外喊，里面刚刚死了一个人。事情就是这样。有四个卫兵听到他的喊叫，但他们对这个消息无动于衷。

"嘿，嘿，"其中一个说，心不在焉地点点头，"嘿，嘿。"

卫兵们没有打开里面有死人的那节车厢，打开的却是旁边一节车厢的门。比利·皮尔格林被所见的场面迷住了。简直就是天堂。车厢里亮着蜡烛光，铺位上堆放着被子和毛毯。一只圆肚子火炉上咖啡壶冒着蒸气。桌子上摆着一瓶酒、一块面包，上面还有香肠。桌上还有四碗汤。

墙上挂的图画上有城堡、湖泊和漂亮姑娘。这是铁路卫兵的"轮上之家"。他们的责任就是永远守卫来往移动的车辆。四个卫兵走到里面，关上了门。

过了一小会儿，他们抽着雪茄走了出来，心满意足、若无其事地用德语低声交谈。其中一个看到通风口里比利的脸。他摇着一个手指给他一个深情的警告，告诉他要规规矩矩。

对面车厢里的美国人再一次对卫兵说里面有人死了。卫兵从他们自己温馨的车厢里拿出一副担架,打开有死人的那节车厢,走到里面。死人的车厢里一点也不拥挤,里面只有六个活的上校——外加一个死的。

德国人把尸体抬走。死去的是"疯狂鲍勃"。事情就是这样。

. . .

夜里,有些机车开始互相嘟嘟地叫嚷起来,然后移动。每一列火车的机车和尾车上都有橙色和黑色条子的标记,告诉天上的飞机这趟列车不是空袭的合适目标——车上运送的是战俘。

. . .

战争快要结束了。12 月下旬机车开始向东行驶。战争将在 5 月份结束。德国各处的监狱人满为患,已经没有可供战俘吃的食物,也没有可供他们取暖的燃料了。然而——还有更多的战俘前来报到。

. . .

比利·皮尔格林所在的列车是所有火车中最长的一列,两天来纹丝不动。

"这不算太糟,"第二天流浪汉对比利说,"这种情况根本算不了什么。"

比利透过通风口朝外观望。除了停在远处岔道上一列标有红十字记号的医务列车外,车站已经空空荡荡。那辆车的汽笛响了。比利·皮尔格林所在的列车用汽笛回答。它们在互相问候。

. . .

尽管比利所在的列车一直原地不动,车厢门却一直紧锁着。到达最终目的地之前,谁也不能下车。对于外面来回走动的卫兵来说,每一节车厢都变成了一个独立的生命体,通过通风口吃喝拉撒。有时候它也用通风口说话或者喊叫。进去的是水、黑面包块、香肠和奶酪,出来的是屎、尿和说话声。

里面的人在钢盔里排泄，传递给通风口边上的人，由他朝外倒。比利是倒粪人。里面的人也把罐头递出来，让卫兵装水。当食物传送进来时，里面的人十分平静，互相信任，表现崇高。他们分享食物。

• • •

车厢里的人轮流站立或者躺下。站立者的腿就像栅栏桩子，插在温暖的、蠕动的、不时放屁和叹息的地面中。奇怪的地面由睡觉的人镶拼而成，他们一个个像汤匙一样蜷缩着。

火车终于开始向东爬行。

行至前面某地时，正巧是圣诞节。圣诞前夜比利·皮尔格林像汤匙一样蜷缩在流浪汉旁边。他进入梦乡，通过时间旅行回到 1967 年——那个遭到特拉法玛多的飞碟绑架的夜晚。

4

女儿婚礼的那天晚上，比利·皮尔格林难以入眠。他已经四十四岁。下午的婚礼在比利后院搭起的花哨的彩条帐篷中进行。彩条是黑色和橙色的。

比利和妻子瓦伦西娅像汤匙一样蜷缩在双人大床上。"魔指"为他们轻轻按摩。瓦伦西娅不用按摩也能入睡，像电动带锯那样打着呼噜。这个可怜的女人已经没有卵巢和子宫。这些东西已被外科医生摘除。手术医生是比利的新假日酒店的合伙投资人。

天上一轮圆月。

比利从床上起来，走进月光之中。他感到四周明晃晃、阴森森的，感到自己被带静电的裘皮衣裹了起来。他低头看到自己的光脚。两脚呈青灰色。

. . .

比利拖着腿从楼上客厅缓慢走下，知道自己很快要被飞碟绑架。客厅明暗交替，呈现出斑马的图纹。月光透过两个孩子空房间的门，洒在厅堂里。两个孩子已经不再是孩子，永远飞走了。一种畏惧感和无畏感牵引着比利。畏惧感告诫他何时止步。无畏感催他继续向前。他停住了脚步。

他走进女儿的房间。她的抽屉都被翻倒出来，衣柜空空荡荡。堆在房间中央的是所有她无法带去度蜜月的东西。她独自享用一个电话分机——放在窗台上。电话机微小的夜灯盯着比利。接着电话铃响了。

比利拿起话筒。对方是个喝醉酒的人。比利几乎能够闻到那个人呼出的口气——就像芥子气和玫瑰的混合。电话打错了。比利挂上电话。窗台上有一瓶软饮料，标牌上吹嘘说饮品中不含任何营养成分。

. . .

比利·皮尔格林迈着那双青灰色的脚轻步走下楼去。他走进厨房，月光将他的注意力引向厨房桌上的半瓶香槟，是帐篷里接待客人仅剩的东西。有人用塞子又将瓶口塞住。"请您享用。"酒瓶好像在说。

于是比利拔起软木塞。没有听到"噗"的声响。香槟酒没气了。事情就是这样。

比利看了一眼煤气炉上方的钟。飞碟到来之前他还有一个小时可以打发。他走进客厅，像摇午餐铃一样摇晃着酒瓶子，然后打开电视机。他有点从时间链上松脱开来，那场夜间电影他倒着看回去，又顺着看过来。这是一场关于第二次世界大战中美国轰炸机和那些勇敢的飞行员的故事。比利倒着看回去，故事的发展是这样的：

遍体弹孔的美国飞机，伤兵和尸体，在英国的一个机场朝后出发。在法国上空，一些德国战斗机向后朝他们飞来，从一些飞机和飞行员身上把子弹和炮弹片吸进枪膛。德国战斗机对地面上残损的美国轰炸机做了同样的事情。那些飞机后退着朝上飞，组成战斗队形。

飞机编队向后飞过燃烧的德国城市。轰炸机打开弹药舱门，用令人惊愕的巨大磁力，将火焰收拢，装进圆柱体的钢制容器，将这些容器提起，放进飞机的肚皮里。容器被整齐地排放在机身内的架子上。下面的德国人也有自己的神奇玩意儿——那些长长的钢管。他们用它们把更多飞行员和飞机的残片吸下来，但还是有一些受伤的美国人和破损不堪的轰炸机。然而在法国上空，德国战斗机又起飞了，所有东西、每一个人都完好如初。

• • •

当轰炸机回到基地，人们从架子上搬下钢制圆柱体，运回美利坚合众国，那里的工厂日夜开工，将圆柱钢管拆开，将其中危险的装载物按原料分开。令人感动的是，工作主要是妇女干的。这些原材料接下来会被装运到远方的专家那里，他们的职责是把这些东西放入地下，巧妙隐藏起来，这样它们就永远不再会伤害任何人。

美国飞行员交出各自的军装，变成了高中的孩子。希特勒变成了婴儿，比利·皮尔格林心想。但这部分不是电影里的。比利在进行着推想。每个人都变成了婴儿，全体人类没有例外地由生物性决定凑合起来产生出两个十全十美的人物，名叫亚当和夏娃，比利推想道。

• • •

比利倒着看了电影，然后顺着看——接着，去后院与飞碟相遇的时间到了。他向外走去，青灰色的两脚踩在凉拌生菜般湿漉漉的草坪上。他收住脚步，喝了一大口跑气的香槟，味道像七喜汽水。他不想抬起眼睛观望天空，尽管他知道来自特拉法玛多的飞碟已在上空。反正他很快就会看到它，里里外外看个够；他也很快会看到飞碟的老家——快了。

他听到头顶上方一阵声响，就像猫头鹰悦耳的叫声，但飞来的不是叫声悦耳的猫头鹰。那是来自特拉法玛多的飞碟，同时穿越时间和空间，因此在比利·皮尔格林看来就好像从空气中突然现身。远处一条大狗吠叫起来。

• • •

飞碟直径一百码，沿着边缘有一排舷窗，从中透出一闪一闪的紫光。它发出的唯一声响就是猫头鹰的歌声。飞碟徐徐降落，盘旋在比利上方，用闪烁的圆柱体紫光将他罩住。接着传来一个接吻般的声音，飞碟底部的密封舱被打开。一条软梯垂下地面，由美丽灯光勾出轮廓，就像游乐园的大转轮那样。

其中一个舷窗口，有激光枪对着他瞄准，比利的意志瘫痪了。他必须抓住软梯最下一级横档儿，别无选择。软梯通电，比利的双手因此被紧紧锁住。他被提升起来，装进密封室，机械装置随后关闭了舱底的门。软梯在密封舱内卷起，那时他才被松开。那时，比利的头脑才开始重新运作。

• • •

密封舱有两个观察孔——黄色的眼睛正贴在上面。墙上有一只话筒。特拉法玛多人没有喉部，他们通过心灵感应进行交流。他们使用一台计算机和一种能够发出地球仔语音的电子器官同比利进行交谈。

"欢迎登机，皮尔格林先生，"话筒说，"有什么问题吗？"

比利舔了舔嘴唇，想了一小会儿，最后问道："为什么是我？"

"这是个非常典型的地球仔问题，皮尔格林先生。为什么是你？为什么我们来做这件事情？所有这一切都为了什么？因为这一刻就是存在的瞬间。你看见过陷于琥珀中的小虫子吗？"

"看见过。"事实上比利的营业厅的镇纸就是一块抛光的琥珀，里边嵌着三只瓢虫。

"好的，皮尔格林先生，我们此时被固定在这一瞬间的琥珀之中。没有什么为什么。"

· · ·

他们在比利所在舱室的空气中注入麻醉药物，让他睡觉。他们把他抬进一个小舱，用皮带把他固定在从西尔斯和罗巴克公司仓库里偷来的黄色躺椅上。飞碟舱里放满了其他偷来的商品，用来装备特拉法玛多动物园建造的比利的仿真居所。

飞碟离开地球时猛然加速，扭曲了处于酣睡状态的比利的身子，使他的脸变形，也使他从时间链上脱开，把他送回战争年月。

当他重新获得知觉时，他不在飞碟上，而正乘着闷罐子车行进在横跨德国的路途中。

有些人从车厢地板上爬起，另一些人准备躺下。比利也准备躺倒。能躺下睡觉真的太舒服了。车厢内漆黑一团，车外同样一片漆黑。车辆似乎在以仅两英里的时速行进，好像从来没有超过这个速度。在铁轨的两个接口之间，在行车两声"咯噔"之间，需要等上很长时间。"咯噔"响了一下，一年过去了，另一声"咯噔"才响起。

火车不时停下，让真正重要的列车轰隆隆地开过。另一件要做的事是在监狱附近的侧道上停下，留下几节车厢。火车爬行着穿过整个德国，一路上列车变得越来越短。

· · ·

比利非常缓慢地让自己下到车厢的地板，手挂在车厢角落的交叉支撑杆上，让地板上的人几乎感觉不到他的重量。他知道躺下时要像幽灵一样，这一点十分重要。他忘了为何必须如此，但提醒的声音很快传来。

"皮尔格林，"他身边的人说，"是你吗？"

比利没说任何话，但很礼貌地躺下，闭上眼睛。

"真该死的，"那个人说，"就是你，是不是？"他坐起身来，用手粗暴地探摸，"就是你，没错。滚到一边去。"

比利坐了起来——可怜巴巴的，眼泪都快流了下来。

"从这里滚开，我要睡觉！"

"别嚷嚷。"另一个人说。

"皮尔格林走开我就不嚷嚷。"

于是比利又站了起来，手拉着交叉支撑杆。"那我能到哪里去睡呀？"他轻声问道。

"不能在我这里睡。"

"也不能在我这里睡，你这个狗娘养的，"另外一个人说，"你睡觉又喊又踢。"

"我喊了踢了？"

"你就他妈的喊了踢了。你还哭哭啼啼。"

"我哭了？"

"从这里滚开点，皮尔格林。"

车厢里响起了控诉大合唱，每个角落演唱各自的部分。他们都有自己的不幸故事，好像比利睡着时对几乎每个人都犯下了滔天罪行。每个人都让比利滚他妈的远点。

· · ·

于是比利不得不站着睡觉，要么根本不睡。通风口不再有食品送进来，白昼黑夜变得越来越冷。

· · ·

到了第八天，四十岁的流浪汉对比利说："情况不算太坏。我在哪儿都可以活得舒舒服服。"

"你真的能？"比利说。

到了第九天，流浪汉死了。事情就是这样。他最后说的话是："你觉得现在很糟糕？情况不算太坏。"

第九天有些不一样，发生了一些死人的事情。比利前面一节车厢里第九天也死了一个人。罗兰·韦利死了——死于由脚伤引起的坏疽。事情就是这样。

韦利几乎一直处于神志失常的状态，一遍又一遍地讲述关于"三个火枪手"的事。他知道自己余日不多，托付别人给他在匹兹堡的家人带去各种信息。最重要的是，他要报仇雪恨。他把将他置于死地的那个人的名字说了一遍又一遍。车厢里的每个人都记住了这一课。

"是谁杀了我？"他问道。

每个人都知道答案，那就是："比利·皮尔格林。"

. . .

听我说——到了第十天晚上，比利车厢门搭扣上的闩子被拔出，车门打开。比利·皮尔格林正躺在车厢角落的支撑杆上，自己上了十字架，用一只青灰色的爪子钩住通风口的下沿。门打开时他一阵咳嗽，咳嗽时他拉了稀屎。这一过程符合艾萨克·牛顿爵士的第三运动定律。这一定律告诉我们，每一个作用力都产生一个与其相反方向的同等的反作用力。

这一理论在火箭技术方面十分有用。

. . .

火车停靠在一座监狱附近的侧道上，这地方原来是作为俄国战俘灭杀营建造的。

卫兵像猫头鹰似的朝比利的车内张望，平静地跟他们打招呼。以前他们从来没有跟美国人打过交道，但他们完全知道这类货物的大致情况。他们知道车里装的基本是一种液体，可以让它慢慢地朝有招呼声和灯光引导的方向流淌。那是夜晚。

. . .

外面唯一的亮光来自挂在一根杆子上的单个灯泡——又高又远。四周万籁俱寂，只有卫兵像鸽子般咕咕叫着。液体开始流动，在门口凝结成团，"扑通"一声落地。

比利是倒数第二个到达门口的人类。最后一个是流浪汉。流浪汉不会流动，不会"扑通"一声落地。他已经不再是液体。他硬得像块石头。事情就是这样。

• • •

比利不想从车厢落到地面。他强烈感到自己会像玻璃一样摔成碎片。于是卫兵们帮着他下车，仍然咕咕地叫唤着。他们把他放下，脸对着列车。火车现在看上去那么不起眼。

前面是机车头和煤水车，拖着三节小车厢。最后一节车厢是卫兵的轮上天堂。里面还是一样——在轮上天堂中——桌子已经铺好，摆着晚餐。

• • •

在那根挂着电灯泡的杆子下面，有像三堆草垛样的东西。美国人被哄着逗着带到三垛东西跟前。这些东西根本不是什么草垛，而是从死去的战俘身上剥下来的外衣。事情就是这样。

卫兵们十分坚决地表达了他们的意见：每个没有外衣的美国人都应该拿一件。外衣被冰牢牢地冻在一起，于是卫兵们把刺刀当冰凿用，把领子、衣摆、袖子等撬开，然后将衣服揭起，随意发放给新来者。外衣硬邦邦的，由于堆放的缘故形成圆拱顶形状。

比利·皮尔格林拿到的外衣被冻得蜷皱成很小一团，看上去不像外衣，更像某一类三角形的大黑帽。衣服上还有黏糊糊的污渍，像曲轴箱的油污，或草莓酱的陈渍。衣服里好像还冻着一只毛茸茸的死动物。这只动物其实是衣服的毛领子。

比利目光呆滞地看了一眼他周围人的衣服。他们的外衣上都有铜扣或金丝线或绲边装饰或数字或杠杠或鹰或月亮或挂在上面的星星。这些都是军人的外衣。比利是唯一拿到不同衣服的人，显然是从死去的平民身上剥下的。事情就是这样。

卫兵们让比利和其他人绕过他们那列不起眼的火车，进入监狱的营房。这里没有任何东西可以吸引他们，一切都冷冰冰、死气沉沉的——有的只是低矮狭窄的长排棚屋，成千上万，里面没有灯光。

远处传来狗的吠叫。在恐惧和冬夜的寂静中，狗的叫声听起来就像敲响的大铜锣。

● ● ●

比利和其他人被招呼着穿过一道又一道门，比利看到了第一个俄国人。夜色中孤零零的一个——衣衫褴褛，扁平的圆脸像镭射表盘。

比利从离他一码远的地方走过。他们之间隔着一道带蒺藜的铁丝网。俄国人没有招手，也没有说话，但目光带着一丝甜美的希望直直地穿透比利的灵魂，就好像比利有可能带给他什么好消息——也许是他已锈钝的头脑难以理解的消息，但不管怎样是某种好消息。

● ● ●

比利在穿过一道又一道门的时候晕了过去。醒来时他以为可能在特拉法玛多的一个建筑内。这里灯光刺目，还有一排排的白色瓷砖。但他还在地球上。这是一个灭虱站，每个新来的战俘必须由此经过。

比利按吩咐脱掉衣服。在特拉法玛多，这也是他们让他做的第一件事。

一个德国人用拇指和食指测量了比利的右上臂，问同伴哪种部队会派这种弱不禁风的人上前线。他们又查看了其他美国人的身体，发现还有不少类似的人选，状况并不比比利好多少。

● ● ●

最结实的身体属于一个年龄远远大于其他人的美国人，他是印第安纳波利斯一所中学的教师，名字叫埃德加·德比，不是和比利同一节车厢过来的。他在罗兰·韦利的车厢里，韦利死去的时候，他枕着韦利的头。事情就是这样。德比四十四岁。他这把年纪，已经有了一个儿子在太平洋战场的海军服役。

德比通过政治关系才得以在他这把年纪参军。他在印第安纳波利斯教的一门课是"当代西方文明问题"。他还当网球教练，身体保养得非常好。

德比的儿子在战争中幸存，但德比却未能幸免。这一副矫健的身材再过六十八天将在德累斯顿被行刑队打得全是弹孔。事情就是这样。

美国人中身材最糟糕的不是比利。最糟糕的身材当属来自伊利诺伊州西塞罗的一个偷车贼。他的名字叫保罗·拉扎罗。他非常瘦小，不但骨头和牙齿烂了，皮肤也让人恶心。拉扎罗身上像圆点花纹般布满了硬币大小的疤块。他身上长疖，一批接一批。

拉扎罗也和罗兰·韦利在同一辆闷罐子车厢，已向韦利发过誓，他会想办法让比利·皮尔格林为韦利的死付出代价。他四处张望，不知哪一个赤身裸体的人是比利。

这些赤身裸体的美国人在沿着白瓷砖墙的一排淋浴莲蓬下找到位置站定。没有他们可以控制的水龙头。他们只能等待着从上面落下的任何东西。他们的阴茎干瘪，睾丸收缩。生殖繁衍不是那天晚上的主要工作。

• • •

一只无形的手拧开了总控制阀。淋浴莲蓬中射出烫人的雨点。雨像喷灯，在比利的皮肤上活泼地跳跃，却不带来温暖，没能融化他细长脊椎中被冰冻的脊髓。

与此同时，美国人的衣服都经过了毒气熏杀。身上的虱子、细菌和跳蚤成亿成亿地死去。事情就是这样。

比利在时间上被一下子拉回到幼年。他还是个婴儿，母亲刚替他洗完澡，用一块毛巾把他裹起来，抱到一间充满阳光的温馨房间。她把他解开，让他躺在舒适的毛巾上，在他的两腿之间扑上爽身粉，同他讲笑话，拍打他软绵绵的小肚子。她的手掌打在他软绵绵的肚子上发出扑哧扑哧的声音。

比利咯咯地笑着，咕咕地叫着。

• • •

然后比利又回到了当验光配镜师的中年时代，这会儿正在打高尔夫球，水平很低——那是一个阳光灼热的星期天上午。比利不再去教堂了。他同其他三个验光配镜师一起打低水平的高尔夫球。比利用七杆打上了球穴区，现在轮到他推杆。

这一推杆离洞八英尺，他成功了。他弯下身子把球从洞杯中取出。太阳躲进了云层后面，比利感到一阵晕眩。当他回过神来，他已经不在高尔夫球场，而在飞碟的一个白色舱房内，被带子扣在一张按体型制作的黄色躺椅上，正飞往特拉法玛多。

• • •

"我在什么地方？"比利·皮尔格林问。

"嵌进了另一块琥珀中，比利·皮尔格林先生。我们现在正在必须出现的地方——离地球三亿英里，正飞往一个时间翘曲，只需几个小时而不用花几世纪的时间就能把我们送到特拉法玛多。"

"我是怎么……怎么会到这儿的？"

"这需要另一个地球仔来向你做出解释。地球仔都是做解释的高手，能够解释为什么这个事件是这样构成的，预言其他事件可以如何促成或者防止。我是个特拉法玛多人，看到的是整体时间，就像你们看到延绵的落基山脉一样。整体时间就是整体时间。它不会变化。它不受警告或解释的摆布。它是事实的存在。如果一瞬间一瞬间地看，你会发现，正如我刚才说过的，我们都是琥珀中的虫子。"

"听你这么说就好像你不相信有自由意志。"比利·皮尔格林说。

• • •

"如果我没有花这么多时间研究地球仔的话，"那个特拉法玛多人说，"我就根本弄不明白'自由意志'是什么意思。我造访过宇宙中三十一个有生物居住的行星，另外还研究过一百个关于其他行星的报告。只有地球仔才谈什么'自由意志'。"

5

比利·皮尔格林说，在特拉法玛多的生物看来，宇宙并不是许多明亮小点的组合。那儿的生物可以看到每颗星球曾处在什么位置，去向何方，因此天空上镶满了玄妙的意大利面条状的发光体。特拉法玛多人也不把人类看成双脚直立生物。他们把人看成巨大的千足虫——"一端是婴儿的脚，另一端是老人的脚。"比利·皮尔格林说。

• • •

在前往特拉法玛多的旅程中，比利·皮尔格林问绑架者是否有可供他阅读的东西。他们有五百万册电子微缩书籍，但比利的舱室里没有投射阅读设备。他们只有一本真正的英语书籍，是杰奎琳·苏珊写的《纯真告别》[23]。这本书他们准备放在特拉法玛多的博物馆。

比利借来这本书并进行了阅读，认为有些地方写得不错。书中人物命途多舛，起起落落。但是比利不想一遍又一遍地读同样的起起落落。他问，周围是不是还能找到其他可读的东西。

"只有特拉法玛多的小说，恐怕你根本没法看懂。"墙上的话筒说。

"不管怎样，拿一本让我看一下。"

于是他们给他送来了一些。都是些很小的东西，十几个放在一起才和《娃娃谷》的体积一样大——那本命途多舛、起起落落的小说。

• • •

当然，比利看不懂特拉法玛多文，但他至少可以知道人家的书是怎样编排而成的——一簇簇象征符号，由星号分开。比利认为这一簇簇符号可能是电报编码。

"完全正确。"传来的声音说。

"它们就是电报码？"

"特拉法玛多没有电报。但你是对的：每一簇象征符号都是一个简明、紧急的信息——描述一个情景、一个场面。我们特拉法玛多人同时阅读这些信息，而不是一个接一个地看。所有这些信息之间没有任何特殊关联，但作家小心翼翼地将它们裁剪下来，这样，当你同时看到所有这一切时，它们会产生一种美丽的、出人意料的、深奥的生活意象。小说没有开头，没有中间，没有结尾，没有悬念，没有道德说教，没有起因，没有后果。我们喜欢我们的书，是因为我们能够从中同时看见许多美妙瞬间的深处。"

· · ·

没过多久，飞碟进入时间翘曲，比利一下子被甩回到童年。那年他十二岁，与父母一起站在大峡谷边缘的"灿烂天使角"，哇哇地叫嚷着。这个小小的人类家庭瞪大眼睛看着直上直下有一英里落差的大峡谷谷底。

"怎么样？"比利的父亲说，摆出一副大男子的样子将一颗卵石踢向空中，"就是这个地方。"他们驾车来到这个游览胜地，一路上车胎爆了几次。

"完全值得一来，"比利的母亲深情地说，"哦，天哪，真的是太值得来一趟了。"

比利不喜欢大峡谷。他觉得自己会掉下去。母亲碰了他一下，他吓得尿了裤子。

· · ·

朝峡谷底部看的还有其他游客。那里的一名管理员随时准备回答游客的问题。一个从法国大老远赶来的法国人用结结巴巴的英语问管理员，是不是有很多人从这里跳下去自杀。

"是的，先生，"管理员说，"每年大约三个。"事情就是这样。

· · ·

比利进行了一次短暂的时间旅行。他只做了一次为时十天的小矮人的跳跃，所以仍然是十二岁，仍然同家人一起在西部旅游。现在他们到了卡尔斯巴德洞窟，比利正向上帝祈祷，在洞顶塌下来之前把他救出来。

一名管理员向游客做讲解，说一个牛仔看到蝙蝠组成的巨大云团从地面的一个孔中升腾而起，因此发现了这些洞窟。然后他说他将切断所有光源，在场的大多数人也许有生以来第一次感受这种纯粹的黑暗。

灯光熄灭了，比利甚至不知道他是不是仍然活着。接着在他的左侧空中有鬼影般的东西在飘动。上面还有数字。他父亲掏出了怀表，那是涂镭的夜光表面。

. . .

比利从纯粹的黑暗来到纯粹的光明之中，发现自己回到了战争时期，又回到了灭虱站。淋浴结束了。一只无形的手关闭了水源。

比利领回自己的衣服。衣服并不比原来干净，但里面居住的小动物都已经死了。事情就是这样。他的新外衣已经解冻，变得柔软。衣服太小，不适合比利穿。衣服有个毛领子，红丝绸的衬里，很显然是为一个演艺人制作的，而这个人的个头只有街头手风琴师的猴子那样大。衣服上全是弹孔。

比利·皮尔格林穿上衣服，也将那件小外衣套上。衣服的后背和肩部撕裂开来，两只袖子完全掉落。于是外衣变成了一件毛领马甲。按原来的设计，下摆会在衣服主人的腰部成喇叭状散开，但现在喇叭状出现在比利的腋窝。德国人在他身上看到了整个第二次世界大战中最令人捧腹大笑的滑稽一幕。他们笑得前俯后仰。

. . .

德国人让大家排好队，以比利为中轴，五个人一排。然后队伍走出门外，再一次经过一道又一道的大门。他们看到更多面如涂镭的夜光表面的饥饿的俄国人。美国人现在有了更多活力，热水的刺激让他们提起了精神。他们来到一个棚屋，一个只有一条胳膊和一只眼睛的下士把每个战俘的名字和编号登记在一本红色的大分类账本上。从法律意义上讲，现在每个人都还活着。在他们的名字和编号被登记在本子上之前，他们是军事行动中的失踪人员，或许已经死亡。

事情就是这样。

. . .

正当美国人准备继续前行，队伍最后面发生了争吵。一个美国人说了些卫兵不愿意听的话。那个卫兵听得懂英语，他把那个美国人拖出队伍，将他击倒在地。

美国人十分吃惊，摇摇晃晃站起来，唾了一口血。他的两颗牙齿被敲掉了。显然，他说的话并无恶意，他也没想到卫兵会听到，而且听得懂。

"干吗打我？"他问卫兵。

卫兵把他推回队伍中。"嘎么你？嘎么别人？"他说。

· · ·

比利·皮尔格林的名字被登记在俘虏营的本子上时，他们还给了他一个号码，还有一块刻着那个号码的小铁牌。牌子上刻字的工作是一个来自波兰的奴隶完成的。现在他已经死了。事情就是这样。

他们让比利将这块牌子与他的美国身份牌一起挂在脖子上，他照办了。这牌子就像一块咸饼干，中间打着孔，有力气的人用手就可以把它掰成两半。如果比利死了，当然现在还没有，牌子的一半将作为尸体的标识，另一半作为坟墓的标识。

那位中学教师，可怜的老埃德加·德比后来在德累斯顿被执行枪决之后，医生宣布他死亡，把他的身份牌掰成两半。事情就是这样。

· · ·

登记了身份，发了号牌之后，美国人又一次被带着穿过一道又一道门。在两天的时间里，他们的家人将会从国际红十字组织那里得到信息：他们还活着。

比利身旁是小个子保罗·拉扎罗，曾发誓要为罗兰·韦利报仇的那个人。此时拉扎罗没在思考复仇的事。剧烈的腹痛折磨着他。他的胃缩成了核桃大小。那只干瘪的软皮袋就像疖子那样阵阵发痛。

拉扎罗的旁边，是在劫难逃的可怜的老埃德加·德比，他把美国的、德国的各类身份牌挂在衣服外面，像在展示一串项链一样。由于他的智慧和年龄，他期待能晋升为上尉，当个连长。而此时此刻的午夜，他正在捷克斯洛伐克的边境。

"立定。"卫兵喊道。

美国人收住了脚步。他们在寒风中静静地站着。他们周围的一座座棚屋从外表上看与他们经过的成千座其他棚屋没有什么两样。但还是有一点不同：这些棚屋有铁皮烟囱，烟囱里旋转着飞出星云般的火花。

一名卫兵敲了一扇门。

门从里面一下子打开。光从门中跃出，以每秒钟十八万六千英里的速度逃出战俘营。五十个中年英国人从里面走出来，唱着《彭赞斯的海盗》[24]中的插曲《欢呼，欢呼，伙伴们全体到齐》。

　　．．．

这些充满活力、脸色红润的歌手是二战中最早一批讲英语的战俘。现在他们的表演对象几乎是最后一批。他们已经整整四年或更长时间没有见过一个女人或孩子。他们也没看到任何飞鸟，甚至连麻雀也不到俘虏营来。

这些英国人都是军官。他们中的每个人在别的战俘营至少做过一次出逃的尝试。现在他们到了这里，处于由垂死的俄国人组成的一片海洋包围的中央。

如果他们愿意，他们可以尽情地挖地道。他们最终将在某个长方形的铁丝网围栏里露出地面，迎接他们的是处于死亡边缘的木讷的俄国人。这些俄国人一句英语也不会说，没有食物，没有有用的信息，也没有自己的越狱计划。他们可以尽情地谋划怎样躲进车辆里，或者盗窃车辆，但是从来没有车辆进入这个营地。如果他们喜欢，他们可以装病，但生病同样不会等来去任何地方的机会。营地内唯一的医院是个有六张病床的小地方，就在英国人的营区里。

英国人穿着干净，待人热情，举止体面，身体强壮。他们的歌声雄浑，唱得很好。这些年来他们每晚都在一起唱歌。这些年来，英国人一直坚持练举重，做引体向上。他们的腹部线条分明，小腿和上肢的肌肉像炮弹。西洋跳棋、国际象棋、桥牌、克里比奇牌、多米诺骨牌、拼字游戏和字谜，他们全是高手，乒乓球和台球也很在行。

就食品而言，他们是欧洲最富有的一批人。战争初期，物资还可以到达战俘营的时候，一个统计上的错误让红十字会向他们每月发放五百个包裹，而实际上应该是五十个。这些英国人巧妙地将食品藏起来，到现在战争快要结束时，他们还有三吨糖、一吨咖啡、一千一百磅巧克力、七百磅烟叶、一千七百磅茶叶、两吨面粉、一吨罐头牛肉、一千两百磅罐头奶油、一千六百磅罐头奶酪、八百磅奶粉和两吨橘子果酱。

他们将这些东西放在一间没有窗子的房子里。他们用砸扁的空罐头做了防鼠墙。

• • •

德国人十分羡慕他们，以为英国人本来就长这个样子。他们把战争变得时髦、合理而且充满乐趣。于是德国人让他们占有四个棚屋，尽管一个就可以容下他们所有人。德国人向他们提供安顿所需的油漆、木料、钉子和布，换取咖啡、巧克力和烟叶。

英国人十二个小时前得到消息，美国客人正在路上，要到他们这儿来。此前从来没有客人来过，因此他们像可爱的小精灵那样分头工作，扫地，拖地，烧煮，烘烤——用干草和粗麻布袋做床垫，铺设餐桌，给每个地方添上节日的气氛。

现在，在冬天的晚上，他们正唱着歌欢迎客人的到来。他们一直忙着准备宴席，连衣服上都散发着芳香。他们的穿着一半看起来像要去参加战斗，一半看起来像要去打网球或槌球。他们陶醉在自己的好客和屋里铺陈的美味之中，以至唱歌时没有好好看他们的客人一眼。他们想象中的演出对象是刚从战场回来的军官。

他们热情地将美国人拖拽到棚屋的门口，让那天晚上的谈话充满男人间兄弟般的胡言和吹嘘。他们管他们叫"扬基"，说他们"敞亮"，向他们保证说"杰里不行了"，如此等等[25]。

比利·皮尔格林有点糊涂：哪个是杰里？

．．．

他到了屋子里面，来到一个烧得通红的铁炉旁。上面几十把茶壶水都烧开了，有些还带有汽笛。铁炉上还有一口大锅，盛满金黄色的汤。汤浓浓的。比利瞪着眼，看锅中原始的气泡泛起，显出一种使人昏昏欲睡的壮观。

宴会用的几张长桌已经摆好。每个座位前摆着一只曾经装奶粉的铁罐小碗。更小的一只罐子当杯子用。另一种细长的罐子当茶杯。每只茶杯里都装满了热牛奶。

每个座位上还放着一把剃须刀、一条毛巾、一盒剃须刀片、一块巧克力、两支雪茄、一块肥皂、十支香烟、一盒火柴、一支铅笔和一支蜡烛。

只有蜡烛和肥皂是德国产的。两者很相似，都是阴森森的乳白色。英国人无从知道，这些蜡烛和肥皂是用犹太人、吉卜赛人、同性恋者、共产党人以及其他帝国的敌人的尸体熬炼出来的油脂做的。

．．．

宴会厅用烛光照明。桌上放着成摞的新鲜烘烤的白面包、成块的奶油和好几瓶果酱。几个盘子里装着罐头牛肉片。汤、炒鸡蛋和热果酱馅饼马上就将端上桌来。

在棚屋的远端，比利看到粉红色的拱门，拱门间挂着天蓝色的布帘，一只巨大的钟，两张金色的宝座，还有一只桶和一个拖把。那晚的娱乐活动将在这个布景之中展开，是所有故事中最受欢迎的一个——音乐版本的《灰姑娘》。

．．．

由于离熊熊燃烧的火炉太近，比利·皮尔格林身上着了火。他那件小外衣的下摆被烧着了，是一种斯文的慢火——就像燃烧的火绒一样。

比利想知道附近是不是有电话。他想给他的母亲打电话，告诉她他还活着，一切都好。

．．．

棚屋里一阵沉默。英国人看到他们如此热情地拖进屋子的，是这样一批邋遢的生灵，无比惊诧。一个英国人看到比利身上着了火。"你着火了，小伙子！"他说，把比利从火炉边拉开，用手把火星扑灭。

见比利没有反应，英国人问他："你会说话吗？你听得见吗？"

比利点点头。

英国人像是寻找什么东西似的在他身上东摸西摸，充满怜悯。"我的天哪——他们是怎么对待你的，小伙子？这不像个人，而像一只散了架的风筝。"

"你真的是个美国人吗？"那个英国人问。

"是的。"比利说。

"你的军衔？"

"下士。"

"你的靴子怎么了，小伙子？"

"我记不清了。"

"这件外衣是为了开玩笑穿的？"

"什么意思，先生？"

"这东西你从哪儿弄来的？"

比利不得不苦思良久。"他们发给我的。"他最后说。

"杰里给你的？"

"你说谁？"

"德国人给你的？"

"是的。"

比利不喜欢这样的询问，让人感到疲乏。

"啊哟——扬基啊扬基，"那个英国人说，"这衣服简直是一种侮辱。"

"什么意思，先生？"

"给你穿这种衣服是故意让你蒙受羞辱。你一定不能让杰里做这种事情。"

比利·皮尔格林晕了过去。

醒来时他坐在椅子上，面对着舞台。他迷迷糊糊地吃过点东西，现在正在观看《灰姑娘》的演出。他身体的某个部分显然已经欣赏演出好一会儿了。比利不停地笑。当然，演出中的女人都是男人扮的。时钟正好敲响十二点，灰姑娘万分遗憾：

啊呀呀半夜时钟刚刚敲过，

呜呼呼他娘的霉运老跟着我。

比利觉得这两句台词太滑稽了，他狂笑不止——还尖叫起来。他止不住尖叫，直到被人抬出棚屋，抬进另一所棚屋。那是诊所的所在地，就是那家有六个床位的医院。医院里没有其他病人。

• • •

比利被安放在床上，用带子捆好，注射了一针吗啡。另一个美国人自愿守护他。这名志愿者就是埃德加·德比，那位后来在德累斯顿被处决的中学教师。事情就是这样。

德比坐在一张三条腿的凳子上。他借到一本书，是斯蒂芬·克莱恩写的《红色英勇勋章》[26]。德比以前读过。比利·皮尔格林进入吗啡天国后，他又开始重读一遍。

• • •

在吗啡的作用下，比利梦见了花园里的长颈鹿。长颈鹿沿着沙砾小道行走，停下来吃树上的甜梨。比利也成了一头长颈鹿。他吃了一个梨子。梨子硬邦邦的，与牙齿进行对抗，然后随着"啪"一声多汁的抗议被咬碎。

长颈鹿把比利接纳为自己的一员，把他看作像它们一样形状怪异、毫无威胁的生物。两头长颈鹿从相对的方向向他走来，依偎着他。它们长长的上唇肌肉发达，能卷成喇叭的形状。它们用这种嘴唇亲吻他。那两头是雌鹿——身上是奶油色和柠檬黄色的。它们的角像门的球形柄。球形角上包裹着天鹅绒。

为什么？

• • •

夜幕降临长颈鹿的花园，比利·皮尔格林睡了一会儿无梦的觉，然后开始时间旅行。醒来时，他在纽约普莱西德湖附近一家老兵医院非暴力精神病人的病房中，头蒙在毯子下。那是 1948 年的春天，距战争结束已有三年。

比利把蒙在头上的毯子掀开。病房的窗子敞开着，外面鸟雀啁啾。"叽——啁——叽？"其中一只问他。太阳高照。病房里还有其他二十九个病人，但他们现在都在室外，享受着美好的天气。他们可以自由走动，如果愿意，甚至可以回家——比利·皮尔格林也一样。外面的世界让他们惊恐，他们是自愿来到这里的。

比利在伊利昂验光配镜专科学校专心致志地学习，最后一年的学习已过半程。没有人会想到他脑子不正常。每个人都觉得他看上去很健康，行为正常。现在他被送进了医院，医生们同意这个结论：他的确疯了。

他们并不认为他的病情与战争有任何关系。他们确信导致他精神崩溃的是年幼时他父亲在青年基督教会的游泳池将他扔进深水区，后来又把他带到大峡谷边缘。

安顿在比利旁边病床上的是一位从前的陆军上尉，名字叫埃利奥特·罗斯沃特。罗斯沃特老是喝醉酒，身体虚弱疲乏。

就是这位罗斯沃特向比利推荐了科幻小说，尤其是基尔戈·特劳特的作品。罗斯沃特的床底下放着很多他收集的科幻小说平装本。这些书他装在一个扁行李箱中带到医院。这些可爱而枯燥的书本散发出的气味弥漫在整个病房中——重得就像一个月没换洗的法兰绒睡衣,或者像爱尔兰人熬的汤。

基尔戈·特劳特成了比利最喜爱的活着的作家,科幻小说成了他钟情于阅读的唯一类型故事。

罗斯沃特比比利精明一倍,但他和比利用同样的方法对付同样的危机。部分由于他们在战争中目睹的一切,两人都觉得生活没有意义。比如说,罗斯沃特开枪打死了一个十四岁的消防员,错把他当成德国兵。事情就是这样。而比利见证了欧洲历史上最大的一场屠杀,即对德累斯顿进行的炮弹轰炸。事情就是这样。

于是他们试图重新创造自己,重新创造他们的宇宙。科幻小说能提供巨大的帮助。

• • •

有一次罗斯沃特对比利讲了一件有趣的事,关于一本书,不是科幻小说。他说关于生活该知道的一切都可以在陀思妥耶夫斯基的《卡拉马佐夫兄弟》里找到。"但现在已经不够用了。"罗斯沃特说。

• • •

另一次,比利听到罗斯沃特对一个精神病医生说:"我觉得你们这些人不得不继续想出许多美妙的新谎言来,不然的话人们根本就不想继续活下去了。"

• • •

比利的床头小桌上还是有点生活气息:两粒药片,一只烟灰缸里有三支带口红印的香烟,其中一支还在燃烧,还有一杯水。水没有一点活泛的迹象。事情就是这样。空气想从死水中出来。小气泡趴在杯子壁上,无力出逃。

香烟是比利母亲的,她抽烟一支接一支。她去了女洗手间,任何时候都会回来。女洗手间在专为神经错乱的陆军妇女队、志愿紧急服役妇女队、海岸警卫妇女后备队和空军妇女队队员设的病房那一边。

比利又用毯子把头盖起来。每次他母亲到精神病房来看他,他总是用毯子盖住头——总是病得比平时更重,直到她离去。这并不是因为她长得丑,或口臭重,或脾气坏。她是个非常和蔼的普普通通的白种女人,受过高中教育,长着棕色的头发。

她让比利感到不安,纯粹因为她是比利的母亲。她让他感到愧疚,感到自己忘恩负义、软弱无能,因为她千辛万苦给了他生命,让这个生命活在世上,而比利其实根本就不喜欢活在世上。

. . .

比利听到罗斯沃特走进来躺下。罗斯沃特的床垫弹簧说明了这些。罗斯沃特是个大个子,但并不十分强壮,看上去好像是用鼻屎捏成的。

接着比利的母亲从女厕所回来了,在比利和罗斯沃特两张床之间的一把椅子上坐下。罗斯沃特用甜柔的声音同她热情地打招呼,问她今天好吗?听到她回答说很好,他似乎十分高兴。他进行着社交实验,对每个遇到的人都表现出热忱的同情。他认为这样可以使世界这个居住地变得略微美好一点。他用"亲爱的"称呼比利的母亲。他正实验着用"亲爱的"称呼每一个人。

"总会有一天,"她充满信心地对罗斯沃特说,"我走进这里,比利会把头上的毯子揭开。你知道他会怎么说?"

"他会怎么说,亲爱的?"

"他会说:'妈,你来了。'他还会笑。他会说:'啊呀,看到你真高兴,老妈。你最近怎么样?'"

"也许就在今天。"

"我每天晚上都在祈祷。"

"那是好事。"

"如果人们知道祈祷的作用有多大,他们会感到吃惊。"

"这话说得再对不过了,亲爱的。"

"你母亲常来看你吗？"

"我母亲死了。"罗斯沃特说。事情就是这样。

"真不幸。"

"至少她活着的一辈子是开心的。"

"这倒让人感到宽慰。"

"是的。"

"比利的父亲死了，你知道。"比利的母亲说。事情就是这样。

"男孩需要父亲。"

谈话一直继续着——一个相信祈祷的愚钝女人和一个高大空洞的男人之间的两重唱，荡漾着爱的回声。

• • •

"事情发生时他是班里最优秀的学生。"比利的母亲说。

"也许他学习太辛苦了。"罗斯沃特说。他手里拿着一本书，想读，但又碍于礼貌不能一边看书一边谈话，尽管给比利的母亲一些满意的答复轻而易举。那本书是基尔戈·特劳特的《四维视野中的疯子》，写的是一些无法得到医治的精神病患者，因为病因存在于第四维，三维视野的地球医生根本无法看到这些病因，甚至连想象都不能。

特劳特说的其中一点罗斯沃特十分喜欢：吸血鬼、狼人、小妖精、天使等确实存在，但他们存在于第四维空间。根据特劳特的说法，威廉·布莱克，罗斯沃特最喜爱的诗人，也在那个地方。天堂和地狱也在那边。

• • •

"他和一个富家女子订了婚。"比利的母亲说。

"那真不错，"罗斯沃特说，"有时候钱是个好东西。"

"的确是的。"

"肯定是的。"

"要是每一分钱都掰成两半花，做人就太难了。"

"有点宽裕的空间是好事情。"

"比利学习的那所验光配镜专科学校是她父亲的财产。他在我们这一带有六个营业厅。他驾驶自己的飞机，在乔治湖边有一个避暑的地方。"

"那是个非常漂亮的湖。"

• • •

比利蒙着毯子睡着了。当他醒来时，他又回到了俘虏营，被捆在医院的病床上。他睁开一只眼睛，看到可怜的老埃德加·德比正在蜡烛边读《红色英勇勋章》。

比利又把那只眼睛闭上，在记忆中看到可怜的老埃德加·德比的将来，他站在德累斯顿废墟前，面对着行刑队。执行枪决的行刑队只有四个人。比利听说，按习惯每个行刑队中有一人发的是装空弹的步枪。比利认为，这么老的一场战争中这么小的一个行刑队不会有人拿到空弹步枪。

• • •

英国人的头儿来到医院查看比利的情况。他是步兵上校，在敦刻尔克被俘。他是给比利注射吗啡的人。战俘营没有真正的医生，于是看病的事由他来做。"病人情况怎么样？"他问德比。

"对世界毫无反应。"

"但不是真失去了反应。"

"不是。"

"多美好——对一切失去感知，但仍然是个大活人。"

德比无精打采地立正。

"不必，不必——请不要拘泥——随便点。一个军官只摊得上两个士兵，又有那么多人病了，我觉得官兵之间没有必要像平常那样讲究礼节。"

德比仍然站着。"你好像比其他人年龄要大一点。"上校说。

德比告诉他自己四十五岁了，这个年龄其实比上校大两岁。上校说其他美国人都已经刮过胡子，只有比利和德比两个仍然胡子拉碴的。他又说："你知道——在这里我们只能想象战争，在我们想象中战争是由我们这样有一把年纪的人来打的。我们忘了打仗的都是些娃娃。我看到这些刚刮过的脸时感到惊诧。'我的天哪，我的天哪——'我对自己说，'这是一支童子十字军。'"

上校问德比是怎么被俘的，德比讲述了自己和其他大约一百名惊慌失措的士兵在树林里的故事。战斗打了整整五天。这一百人被坦克赶进了树林。

德比描述了那种难以想象的人工气候，这种气候有时候是一部分地球仔不想让其他地球仔继续在地球上居住而人为制造的。炮弹在树梢上爆炸，发出震耳欲聋的声音，他说，锋利的弹片像雨点一样落下。爆炸后镀铜的铅块尖啸着在林子里乱窜，比声音还快。

很多人被击伤，被击毙。事情就是这样。

炮击停止后，隐藏在某处的一个德国人用扩音器向美国人喊话，让他们放下武器，把两手放在头顶上走出来，不然的话炮击将继续进行，直到树林里没有活人为止。

于是美国人放下了武器，双手放在头顶上走出树林，因为只要有可能，他们还想继续活下去。

• • •

比利通过时间旅行又回到老兵医院。他头上蒙着毯子，毯子外一片寂静。"我老妈走了吗？"他问。

"走了。"

比利从毯子底下朝外窥探。他的未婚妻来了，坐在访客的椅子上。她的名字叫瓦伦西娅·默布尔。瓦伦西娅是伊利昂验光配镜专科学校产权所有人的女儿，很有钱。她身体庞大，胖得像座房子，因为她不停地吃东西，嘴里正嚼着"三个火枪手"牌糖块。她戴着三光眼镜，杂色的镜架由莱茵石镶边，与她的订婚戒指交相辉映。钻石戒指上了一千八百美元的保险。这块钻石是比利从德国弄来的，属于战利品。

比利不愿意同相貌丑陋的瓦伦西娅结婚。她是他的心病症状之一。当他听到自己在向她求婚，请求她接受这枚戒指，成为他的终身伴侣时，他知道自己疯了。

. . .

比利对她说了声"你好"，她问他想不想吃糖果，他说："不要，谢谢。"

她问他身体怎么样，他说："好多了，谢谢。"她说验光配镜专科学校的每个人听说他病了都很难过，希望他早日康复，比利说："见到他们代我向他们问好。"

她答应一定做到。

. . .

她问有什么东西需要她带过来。他说："没有。需要的东西这里几乎都有。"

"要不要带些书？"瓦伦西娅问。

"我身旁就有世界上最大的私人图书馆之一。"比利说，指的是埃利奥特·罗斯沃特收藏的科幻小说。

罗斯沃特在旁边的一张床上看书，比利把他拉进谈话之中，问他这回看的是什么。于是罗斯沃特告诉他，是基尔戈·特劳特的《来自外太空的福音》。小说讲的是一个外太空的来访者，顺便提一下，长得很像特拉法玛多人。这位外太空来客对基督教做了认真研究，以便弄明白为什么基督教徒如此容易变得残暴。他得出结论，至少部分问题存在于《新约》全书叙述上的草率。他认为福音的本来意图是教人慈悲为怀，即使对待低下者中最低下者，也应如此。

但是福音实际上是这么教育人的：

在你杀死某人之前，绝对有必要搞清楚，此人有没有背景。事情就是这样。

· · ·

基督故事的缺陷在于，这位太空来访者说，那位基督，虽然其貌不扬，实际上却是宇宙最大权贵的儿子。读者知道这一点，因此读到十字架受难时，他们自然会想——罗斯沃特大声读出来：

啊哟，要命——这回他们的私刑绝对找错人了！

这种想法有一个兄弟："私刑也有找对人的时候。"谁？没有背景的人。事情就是这样。

· · ·

这位外太空来客送了一本《新福音》给地球仔作为礼品。在他的文本中，耶稣只是个无足轻重的普通人，在很多比他更有背景的人看来，他就是个十足的讨厌鬼。他仍旧说了那些其他福音文本中说的话，那些美丽动听又让人不得其解的话。

于是有一天，那些人把他钉在十字架上，把十字架立在地上，给自己找乐子。实施私刑的人认为，这样的事不可能产生深远影响。读者也不得不这样想，因为《新福音》不断地再三强调，耶稣是个无足轻重的人。

然后，正当这个小人物死去的时候，天门洞开，雷电交加。上帝的声音像霹雳一样传下。他对下面的人说，他要把那个流浪儿收为义子，赋予他宇宙创造者的儿子所应有的所有永恒的权力和特权。上帝说：从这一刻开始，他将对任何折磨没有背景的流浪儿的人，施以严厉惩罚！

· · ·

比利的未婚妻吃完了"三个火枪手"牌糖块，现正吃"银河"牌巧克力。

"算什么烂书？"罗斯沃特说，把手里那本书扔到床底下，"见鬼去吧。"

"那本书好像还挺有趣的。"瓦伦西娅说。

"老天爷——要是基尔戈·特劳特知道该怎么写就好了。"罗斯沃特感叹道。他的观点是：基尔戈·特劳特不受读者欢迎是必然的。他的写作水平太糟糕，只是他的想法很不错。

• • •

"我认为特劳特从来没有走出过国门，"罗斯沃特继续说，"我的天哪——他老是不断地写地球仔，但书中的人物全是些美国人。实际上地球上没有多少美国人。"

"他住在什么地方？"瓦伦西娅问。

"没人知道，"罗斯沃特回答说，"据我所知，我是唯一听说过此人的。没有两本书是同一家出版社出版的，每次我通过出版社转给他的信，都被退了回来，因为出版社倒闭了。"

他换了个话题，对瓦伦西娅的订婚戒指大加赞美。

"谢谢你，"她说，把手伸过去以便罗斯沃特能看得更仔细，"钻石是比利在战争时搞来的。"

"这是战争的可爱之处，"罗斯沃特说，"每个人都能从中搞到点小小的东西。"

• • •

说到基尔戈·特劳特的住处：他其实就住在伊利昂，比利的家乡，没有朋友，受人鄙视。比利后来渐渐与他结识。

• • •

"比利。"瓦伦西娅·默布尔说。

"嗯？"

"跟你商量一下我们的银器式样可以吗？"

"当然。"

"我已经把选择范围缩小了，'皇家丹麦'或者'藤蔓蔷薇'。"

"藤蔓蔷薇。"比利说。

"这样的事我们不能草率决定，"她说，"我的意思是——一旦确定下来，我们要同这些东西一起生活一辈子。"

比利仔细看了看图样。"皇家丹麦吧。"他最后说。

"'殖民地月色'也不错。"

"是的，真不错。"比利·皮尔格林说。

. . .

比利通过时间旅行来到特拉法玛多的动物园内。他四十四岁，被放在网格球顶的建筑里展览。他斜倚在太空旅途中让他当摇篮的那张躺椅上，一丝不挂。特拉法玛多人对他的身体感兴趣——身体上的每一处细节。外面聚集着上千人，举着小手以便他们的眼睛可以看到他。比利在特拉法玛多至今已经有六个地球月了。他对被围观已经习以为常。

没有任何逃跑的可能性。圆顶建筑外空气的成分是氰化物，而且此地与地球相隔 446 120 000 000 000 000 英里之遥。

. . .

在动物园，比利被放在一个模拟地球居住环境中展出。大部分室内配置是从爱荷华州爱荷华市西尔斯和罗巴克公司的仓库里偷来的。有一台彩色电视机，有一张沙发床。沙发两边有茶几，上面放着台灯和烟灰缸。有一张家用吧台，两张凳子。有一张小台球桌。除了厨房、浴室区域和地板中央下水道铁盖那一块之外，金棕色的地毯从墙根铺到墙根。沙发前面的咖啡桌上，几本杂志成扇形铺开。

室内还有一台立体声留声机。留声机可以播放，但电视机无法接收。电视机显示屏上贴着一张一个牛仔枪杀另一个牛仔的画片。事情就是这样。

圆顶下没有隔墙，没有比利可以藏身的地方。翠绿色的卫浴设备就安装在无遮无盖的地方。比利从躺椅上起身，走进洗手间解手。观众看得如痴如狂。

· · ·

比利在特拉法玛多刷了牙，装上部分假牙托，走进厨房。他的煤气罐炉灶、冰箱和洗碗机也都是翠绿色的。冰箱门上绘着一幅画，搞来的时候就有。画面上是一对"欢乐的九十年代"男女骑着双人自行车。

比利看着这张画，试图回忆些与这对男女相关的方面。脑子里一片空白，似乎没有任何与这对男女相关的东西可以回想起来。

· · ·

比利吃了一顿丰盛的罐头食品早餐，洗了杯盘刀叉、汤匙和碟子，把餐具放好。接着他做操，是从部队学来的——叉腿跳、抱腿下蹲、仰卧起坐和俯卧撑。大多数特拉法玛多人无从知道比利的身材和脸长得不漂亮。他们以为他是个杰出的人类样本。这种误解对比利具有激励效应，他开始第一次欣赏起了自己的身体。

锻炼之后他洗个淋浴，剪了指甲。他刮胡子，在腋窝下喷除臭剂，与此同时，动物园的一名导游站在外面高台上向游客解释比利在做些什么——为什么要这么做。导游是通过心灵感应进行解说的，只不过站在那儿，向人群发出思想电波。导游的讲台上有一台带键盘的小仪器，通过这个仪器他可以将问题转述给比利。

第一个问题来了——声音是通过电视机上的喇叭传出的："你在这里开心吗？"

"同我在地球上差不多。"比利·皮尔格林说。此话不假。

· · ·

特拉法玛多有五种不同性别。在创造一个新个体的过程中，每一种都实施其中必要的一步。在比利看来他们长得都一样——因为他们的性别差异都存在于第四维空间中。

顺便提一下，转述给比利的特拉法玛多人的问题中，最大的道德挑战之一与地球上的性相关。他们说他们的飞碟机组成员在地球上确认了至少七种性别，在生殖过程中每一种都必不可少。同样的境况又出现了：比利根本无法想象七种性别中的其他五种，既然他们的性功能只在第四维空间发生作用，跟生育婴儿有什么关系。

特拉法玛多人向比利提供线索，帮助他想象存在于无形维中的性。他们告诉他没有男同性恋者就不可能有地球婴儿。没有女同性恋者的话，仍然可以有婴儿。没有六十五岁以上的女人的话，就不可能有婴儿。没有六十五岁以上的男人的话，仍然可以有婴儿。如果没有生活在世上一小时或一小时不到的婴儿，就不可能有婴儿。如此等等。

对比利来说简直是一派胡言。

• • •

比利说的很多东西对于特拉法玛多人来说也简直是一派胡言。他们无法想象时间对他是什么样的东西。比利已经不想继续解释了。外面的导游只能尽力而为地为观众做些答复。

导游让参观人群想象他们在一个明亮晴好的日子看着沙漠那边的山脉。他们可以看到一座山峰，或一只飞鸟，或一朵云彩，或前面的一块石头，或身后的峡谷谷底。但如果他们中间站着个可怜的地球仔，他的头上套着一只永远无法取下的钢罩子，只有一个小窥孔可以让他探视，而这个孔上焊接着一根六英尺长的管子。

比喻中比利的苦难才刚刚开始。他同时被捆绑在铁轨平板车的钢架子上，无法转动头部，也碰触不到管子。管子的远端架在一个两脚架上，同样固定在平板车上。比利所能看到的只是管子尽头的一个小点。他不知道自己在平板车上，甚至不知道自己的处境有什么特别的地方。

平板车时而缓缓行驶，时而疾速飞驰，常常停止不动——爬上坡路，走下坡路，绕弯道，行直道。不管可怜的比利通过管子看到什么，他都别无选择，只能对自己说："这就是生活。"

• • •

比利以为特拉法玛多人会对地球上所有的战争和其他形式的谋杀感到迷惑和震惊。他以为他们会对地球仔感到恐惧，担心他们的凶残加上神奇的武器，最终可能会把无辜的宇宙部分或者全部摧毁。科幻小说使他产生这种感觉。

但这一话题从未被提及，直到比利自己提到战争。动物园的人群中有人通过导游问他，迄今为止他在特拉法玛多学到的最有价值的东西是什么，比利回答说："整个星球上的人是如何和平相处的！你们知道，我来的星球有史以来一直纠缠在疯狂的屠杀中。我本人目睹过被我同胞放进水塔活活煮死的女学生的尸体，施暴者还以为自己是在与纯粹的邪恶做斗争，因此而感到自豪。"真有这样的事。比利在德累斯顿看到过沸水煮的尸体。"晚上我在俘房营用来照明的蜡烛，是被那些死于沸水的女学生的父兄残害的人类尸体脂肪做的。地球仔一定是宇宙的恐怖生物。如果其他星球现在还没受到地球的威胁，威胁马上会来。所以把和平的秘诀告诉我，让我带回地球，拯救我们所有人：一个星球上的人怎样才能和平相处？"

比利觉得他的演讲慷慨激昂。当他看到特拉法玛多人收起了张着眼睛的小手时，感到大惑不解。从过去的经验中他明白这是什么意思：他举动愚蠢。

• • •

"请你……是不是可以麻烦你告诉我，"他感到十分沮丧，对导游说，"这样说愚蠢在哪里？"

"我们知道宇宙是如何终结的，"导游说，"与地球没有关系，只不过地球也被消灭了。"

"那么……那么宇宙是怎样终结的呢？"比利问。

"我们把它炸掉了，在实验飞碟新燃料时发生的。一名特拉法玛多试飞员按下启动按钮后，整个宇宙消失了。"事情就是这样。

• • •

"如果你知道这个结果，"比利说，"难道没有办法防止它发生？你们不能不让那个试飞员按下按钮？"

"他是一定要按的，也是一定会按的。我们一定要允许他，也一定会允许他按的。这一瞬间就是这么设定的。"

．．．

"这么说，"比利试探着说，"阻止地球上发生战争的想法也是愚蠢的。"

"当然。"

"但是在你们星球上大家却相安无事。"

"今天是这样。其他日子我们也有战争，同你见到过、读到过的一样可怕。对此我们无能为力，所以干脆不去看那些年月，将它们忽略。我们把所有时间用在浏览快乐时光上——就像今天在动物园里。现在的时光不是很美吗？"

"是的。"

"如果地球仔认真尝试的话，这是他们可以学习的一个方面：忘却痛苦的时光，把注意力集中在美好的日子。"

"嗯。"比利·皮尔格林说。

那天晚上睡后不久，比利通过时间旅行来到另一个十分美妙的时刻，他与从前的瓦伦西娅·默布尔的新婚之夜。他从老兵医院出院已经六个月了，一切都好。他已经从伊利昂验光配镜专科学校毕业——全班四十七名学生中他排名第三。

他正与瓦伦西娅一起躺在床上。温馨的单室公寓坐落在马萨诸塞州安妮角码头的尽头，越过水域能看到格洛斯特的灯光。比利躺在瓦伦西娅身上，与她做爱。这一行为的后果是罗伯特·皮尔格林的诞生，儿子在中学成为问题学生，但后来改邪归正，成了著名的绿色贝雷帽特种部队的一员。

瓦伦西娅不是个时间旅行者，但却有着活跃的想象力。当比利同她做爱时，她想象着自己是历史上的著名女性，成了英格兰女王伊丽莎白一世，而比利则是克利斯托弗·哥伦布。

• • •

比利发出生锈小铰链的声响。他刚刚将种子播入瓦伦西娅体内，为绿色贝雷帽做出了自己的贡献。当然，按照特拉法玛多人的说法，绿色贝雷帽总共需要七个父母。

他从妻子庞大的身躯上翻落下来，而她痴迷的神情在他离开后仍然没有改变。他的脊椎沿着席梦思的边缘躺着，两手抱在脑后。他现在有钱了。他同一个任何头脑正常的人都不会要的姑娘结了婚，得到了报偿。他的岳父送给他一辆新的别克"漫游者"，一套全电器的住所，让他当伊利昂分店的经理。那是生意最兴隆的一家，比利从这家店铺每年至少可挣得三万美元。相当不错。他的父亲曾经是个理发的。

正如他母亲所言："皮尔格林家的社会地位提高了。"

• • •

蜜月是在新英格兰小阳春苦涩甜美的神秘感中度过的。这个情侣公寓房的一侧墙全由法式门廊组成，十分浪漫。开门出去是阳台和远处油渍斑斑的码头。

一艘绿色和橙色的拖网渔船，像夜色中的黑影，发出低沉的响声，在离他们的婚床不足三十英尺的地方突突地从阳台边驶过。渔船驶向海洋，只有工作灯亮着。空舱发出回声，使马达的歌声变得雄浑嘹亮。码头开始唱同一支歌，接着蜜月新人的床头板也跟着唱起来，在拖网渔船离开很久后继续唱着。

"谢谢你。"瓦伦西娅最后说。床头板哼着蚊子的歌。

"不用谢。"

"真不错。"

"我很高兴。"

然后她哭了。

"你怎么啦？"

"我真幸福。"

"那好啊。"

"我从来没想到有人会娶我。"

"嗯。"比利·皮尔格林说。

• • •

"我要为你减肥。"她说。

"什么？"

"我要开始节食。我要为你变得漂亮。"

"我喜欢你现在这个样子。"

"你真的喜欢？"

"真的。"比利·皮尔格林说。他受益于时间旅行，已经看到过他们婚姻的许多部分，知道这场婚姻至少还算过得去。

• • •

一艘名为"山鲁佐德"的大型摩托游艇从他们的婚床边悄悄驶过。马达唱的歌是很低的风琴调。船上所有灯都亮着。

两个漂亮的青年人，一男一女，穿着晚礼服站在船尾栏杆旁，互相爱恋着，爱着他们的梦，爱着船的尾波。他们也在度蜜月。这两人是罗德岛纽波特的兰斯·朗福德和他的新娘，以前的辛西娅·兰德里，后者在马萨诸塞州的海尼斯港曾是约翰·肯尼迪青梅竹马的朋友。

这里还有一个小小的巧合。比利·皮尔格林后来与朗福德的叔叔在医院的同一个病房住过。他的叔叔伯特伦·科普兰·朗福德是哈佛大学教授，官方历史学家，专门研究美国空军史。

· · ·

当这对漂亮的人离开之后，瓦伦西娅向她长相滑稽的丈夫询问关于战争的事。这是女性地球仔头脑简单的联想：把性与战争的荣耀想到一起。

"你会想起战争吗？"她问，把一只手放在他的大腿上。

"有时候会。"比利·皮尔格林说。

· · ·

"我有时看着你，"瓦伦西娅说，"会产生一种奇怪的感觉：你浑身藏着秘密。"

"我哪有？"比利说。这当然不是实话。他从来没对任何人讲过他经历的那些时间旅行，也没讲过特拉法玛多人，等等。

"你心里肯定藏着关于战争中的事的秘密。也许不是秘密，我猜想，是你不愿意讲的东西。"

"没有。"

"我很自豪你曾是军人。你知道吗？"

"那很好。"

"战争很可怕吗？"

"有时候。"一个疯狂的想法出现在比利的头脑中，其真实性让比利吃惊。它可以成为比利·皮尔格林理想的墓志铭——也可以成为我的：

一切曾经美好，没有痛苦。

"如果我想要你讲，你会讲讲战争的事吗？"瓦伦西娅说。在庞大身躯内的小小腔室中，她正在为绿色贝雷帽特种部队成员聚集材料。

"听起来就像是一场梦，"比利说，"别人的梦一般没什么趣味。"

"我听到你有一次对父亲提到过德国人的行刑队。"她指的是枪决可怜的老埃德加·德比的事。

"嗯。"

"你把他埋了？"

"是。"

"枪决前他看到你拿着铁锹吗？"

"看到了。"

"他说过什么话吗？"

"没有。"

"他害怕吗？"

"他们给他打了麻醉。当时他迷迷糊糊的。"

"他们在他身上别了个靶心？"

"一张纸。"比利说。他走下床来，说了声"对不起"，走进洗手间的黑暗中解手。他摸索着找开关，摸到粗糙的墙面，意识到通过时间旅行他回到了 1944 年，在战俘营的医院里。

• • •

医院里的蜡烛熄灭了。可怜的老埃德加·德比在比利旁边的行军床上进入梦乡。比利走下床来，沿墙摸索着，寻找走出去的地方。他憋不住要解手。

他突然间找到了门，门开着。他跟跄着走进战俘营的夜色之中。由于时间旅行和吗啡的作用，比利神志不清。他一头撞向带蒺藜的铁丝网，身上十几处被钩住。比利后退着想挣脱，但铁刺钩住不放。于是比利与铁丝栅栏跳起了一段愚蠢的舞蹈，往这边跨一步，往那边跨一步，然后重新回到原来的位置。

一个夜间出来解手的俄国人看到了比利的舞蹈——从铁栅栏的另一侧。他走到这个滑稽的稻草人跟前，轻声同他说话，问他来自哪个国家。稻草人全不理会，继续舞蹈。于是俄国人将铁刺钩一个一个地解开，稻草人又跳着舞消失在夜色中，连一句感谢话都没说。

俄国人向他挥挥手，在他身后用俄语喊："再见。"

• • •

在战俘营的夜色中，比利掏出他的家伙，往地上尿了又尿。然后他把东西或多或少放回原处，开始思考一个新的问题：他从哪儿出来的？现在该回到什么地方去？

夜色里传来痛苦的呼号声。比利没有其他更好的事情可做，于是慢悠悠地朝声音走去。他感到纳闷儿：什么样的悲剧使那些人跑到外面来哀诉？

比利渐渐走近公厕的后墙，但他并不知道。公厕由一道单杆栅栏组成，下面放了十二个木桶。栅栏的三面由零碎木片、砸扁的罐头等做成的幕墙围起，开放的一侧面对着一座棚屋的黑色焦油毡墙。这个棚屋曾经是举办宴会的地方。

比利沿着围栏走过去，看到焦油毡上新近刷上去的一些文字。字是用粉红色油漆写的，同一种油漆曾经为《灰姑娘》演出提供了鲜亮的背景。比利感觉恍惚，看到的字好像悬在空中，写在一张透明帘子上似的。帘子上还有一些银色的小点。其实这些小银点是将焦油毡固定在棚屋上的钉子。比利无法想象帘子何以能在空中挂住，心想这条魔帘，连同戏剧性的哀叹声，都是他一无所知的某种宗教仪式的一部分。

上面写的文字是：

请保持清洁，不要把厕所搞脏！

PLEASE LEAVE
THIS LATRINE AS
TIDY AS YOU
FOUND IT!

　　比利朝厕所内探视。哀号声从里面传出。厕所里面挤满了褪下裤子的美国人。欢迎宴会让他们的腹泻像火山爆发一样。木桶都被装满，有的被踢翻。

　　比利跟前的一个美国人哀号着说，除了脑浆身体里什么东西都拉出来了。过了一会儿他说："出来了，出来了。"他指的是脑浆。

　　出来的东西就是本人，就是我。那就是这本书的作者。

　　比利慢悠悠地离开地狱之景。他经过正从远处观看这场排泄盛会的三个英国人身边。他们恶心得都神经紧张了。

　　"把裤裆扣子扣好！"比利经过时其中一个说。

　　于是比利扣好裤子。他正巧走到小医院的门前，走了进去，发现自己又在安妮角度蜜月，正从洗手间出来，朝新娘的床边走去。

　　"我想你了。"瓦伦西娅说。

　　"我也想你了。"比利·皮尔格林说。

· · ·

比利和瓦伦西娅一起睡下，身子蜷得像汤匙一般。比利通过时间旅行来到 1944 年的那一次火车旅程——从进行军事演习的南卡罗来纳到伊利昂参加他父亲的葬礼。当时他还没有见过欧洲，也没有经历过战斗。那仍然是蒸汽机的时代。

比利不得不多次换车。所有火车都速度缓慢。车厢里弥漫着煤烟、配给烟草、配给酒和食用战时食品的人放出的臭屁味。铁制座椅的垫子硬邦邦的，比利没能睡多长时间。但在距离伊利昂只有三个小时路程的时候，他酣睡起来，两腿朝着繁忙的餐车门方向张得老大。

火车到达伊利昂时，列车员把他叫醒。比利拿着圆筒粗布行李袋跌跌撞撞下了车，在车站月台上的列车员旁边站着，让自己醒过来。

"睡得很香，是不是？"列车员说。

"是啊。"比利说。

"伙计，"列车员说，"你那家伙勃起得厉害。"

· · ·

比利在战俘营打吗啡那夜的凌晨三点，又有一个新病人被两个精力充沛的英国人抬进医院。此人个子瘦小。他叫保罗·拉扎罗，是个从伊利诺伊州西塞罗来的长满疖子的偷车贼。他在偷一个英国人放在枕头下的香烟时被发现。半睡半醒的英国人一拳打断了他的右手臂，打得他失去了知觉。

动手的英国人帮着把拉扎罗抬进来。他一头火红色的头发，没有眉毛。演出中他是灰姑娘的蓝仙女教母。他一只手抬着拉扎罗，另一只手在身后把门关上。"还没有一只鸡重。"他说。

抬拉扎罗脚那一头的是给比利注射吗啡的上校。

蓝仙女教母感到惭愧，也很生气。"要是知道打的是一只鸡，"他说，"我就不会使那么大的劲了。"

"嗯。"

蓝仙女教母直言不讳地说美国人有多么恶心。"羸弱不堪，臭气烘烘，自暴自弃——一群流鼻涕、脏兮兮、偷东西的浑蛋，"他说，"还不如他妈的俄国佬呢。"

"看上去确实是邋遢的一群。"上校表示同意。

一个德国少校走进来。他把英国人当作亲密朋友，几乎每天都来看他们，同他们一起玩游戏，跟他们讲德国历史，弹他们的钢琴，教他们德语口语。他常常对他们说，如果没有他们这些文明伙伴，他会发疯的。他的英语非常出色。

他们不得不把那些美国兵放在英国人营区里，对此他表示歉意。他保证这种不便只不过是一两天的事情，美国人很快会离开，作为合同劳工被送往德累斯顿。他身边带有一本书，是由德国监狱官员联合会出版的。这本书是关于作为战俘的美国兵在德国的行为表现报告，作者是一个前美国公民，此君现在已升任德国宣传部高官。他的名字叫小霍华德·坎贝尔，后来在等待战犯审判的日子里悬梁自尽了。

事情就是这样。

• • •

当英国上校放好拉扎罗骨折的手臂，调拌石膏做固定模子时，德国少校大声把小霍华德·坎贝尔著作中的段落翻译朗读出来。坎贝尔曾是个小有名气的剧作家。他的书以下述文字开卷：

美国是地球上最富有的国家，但该国人民大多贫穷。他们强调贫穷的美国人应该憎恨他们自己。用美国幽默作家金·哈伯德的话来说："穷没有什么不光彩，但挺丢人的。"事实上，对于一个美国人来说，穷是一种罪恶，尽管美国是一个穷人的国家。其他民族都有自己的民间传统，赞颂贫穷但异常智慧和高尚的人，因此这样的人比有财有势者更值得尊重。美国的穷人中间没有此类故事。他们嘲笑自己，仰慕处境优越的人。在连老板自己也属于穷人的最简陋的饭铺和饮品店里，墙上很可能会贴有文字，提出一个残酷的问题："如果你有能耐，为什么还没有发财？"还会有一面美国国旗——不比小孩巴掌大——贴在棒棒糖上，插在收银柜上方飘扬。

• • •

这本书的作者，是纽约斯克内克塔迪当地人，据说是所有面对绞刑的战犯中智商最高的一个。事情就是这样。书中继续写道：

美国人，就像其他地方的人类一样，相信很多显然不真实的东西。他们最具破坏力的谬论是每个美国人都可以轻而易举发财。他们不承认挣钱事实上是何等困难，因此没钱的人一而再、再而三地责怪自己。这种内心谴责对于有钱有势者弥足珍贵，因此他们不管在公开场合还是在私下，都不必为穷人多费心思，比如说自拿破仑以来的任何其他统治阶级，都少有作为。

美国推出了许多新鲜的玩意儿。但所有这些中最令人惊愕且毫无先例的，是失去尊严的贫困人口。他们彼此之间没有爱心，因为他们对自己失去了爱心。一旦了解了这一点，德国监狱中美国兵令人讨厌的举止也就不难理解了。

• • •

小霍华德·坎贝尔接着论及第二次世界大战中美国军人的服装问题：

历史上的任何其他军队，不管来自富国还是穷国，都努力使其哪怕最低级别的军事人员穿着体面，让自己和他人印象深刻，在饮酒、性交、抢劫和突然死亡时也让人觉得是个时髦的专家。然而美国军队让他们的士兵穿着经过改制的做生意的服装去打仗送死，显然是别人的衣服，消过毒但没有熨烫过，来自给贫民窟酒鬼发放衣物的让人捂鼻子的慈善会。

当一个衣冠楚楚的军官对这样一个邋遢的乞丐进行训话时，他会呵斥，这是军队官员之职责。但是这位军官的轻蔑不像其他军队里的那样充满慈祥的装腔作势。它是发自内心的对穷人的憎恶。他们受穷只能怪他们自己，怨不得任何人。

首次与被俘的美国士兵打交道的监狱管理人员应该做好思想准备：不要期待兄弟般的情义，即使在兄弟之间也不会有情义。个体之间不会达成和谐。每个都是坏脾气的孩子，常常希望自己死了才好。

坎贝尔谈的是德国人处理被俘美国军人的经验。他们是所有战俘中最自暴自弃、无情无义、肮脏邋遢的群体，这是众所周知的，坎贝尔说。他们没有能力为了自己的利益采取联合行动。他们看不起自己军队的长官，甚至拒绝执行长官的命令，理由是长官不见得比自己高明，应该少来点装腔作势。如此等等。

比利·皮尔格林昏然睡去，醒来时是个鳏夫，住在伊利昂空荡荡的家中。女儿正在数落他，说他给报社投写内容荒诞的信件。

• • •

"听到我跟你说的话了吗？"芭芭拉问道。那是1968年。

"当然听到了。"他刚才在打瞌睡。

"要是你继续做这种小孩子的事，也许我们不得不把你当小孩子对待。"

"这不是接下来发生的事。"比利说。

"我们倒想看看接下来发生什么，"大块头的芭芭拉把双臂交叉在胸前，"这地方冷得很。暖气开着吗？"

"什么暖气？"

"暖气炉——地下室的那个东西，那个从气门里把热气送出来的东西。我觉得没有开。"

"也许没有。"

"你不觉得冷吗？"

"我没注意到。"

"哦，我的天哪，你真的是个孩子。如果我们把你一个人留在这里，你就会冻死，就会饿死。"如此等等。做这种事她非常兴奋：以爱的名义让他尊严扫地。

• • •

芭芭拉打电话叫来了燃油暖气炉修理工，让比利躺进被窝，让他保证躺在电热毯上面不出来，直到恢复供暖。她把电热毯开到最高一挡，很快比利的床热得可以烤面包了。

芭芭拉"砰"的一声在身后关上门离开后，比利又通过时间旅行来到了特拉法玛多的动物园。动物园从地球上给他找来一个配偶。她是电影明星蒙塔娜·怀尔德哈克。

　　· · ·

　　蒙塔娜处于深度麻醉状态。戴着防毒面具的特拉法玛多人把她抬进来，放在比利的黄色躺椅上，然后通过空气隔离门退出去。外面的大批参观者兴奋不已。动物园的所有售票纪录都被打破。星球上的每个人都想看地球仔交配。

　　蒙塔娜一丝不挂，当然比利也同样如此。他感到一阵剧烈的本能冲动。你没法知道谁会有这种感觉。

　　· · ·

　　她的眼皮闪动了几下。她的睫毛像毛茸茸的鞭子。"我在什么地方？"她问。

　　"没事，一切都好，"比利温和地说，"请不要害怕。"

　　从地球一路过来时蒙塔娜全无知觉。特拉法玛多人没有同她进行交谈，也没有在她面前露面。她记得的最后一件事情，是在加利福尼亚棕榈泉的一个游泳池旁晒太阳。蒙塔娜只有二十岁。她脖子上有一条银项链，上面挂着一只心形锁——悬垂在两只乳房中间。

　　她扭过头，看见圆顶建筑外成群的特拉法玛多人。他们以快速张开和收起绿色小手的方式，向她鼓掌致意。

　　蒙塔娜尖叫起来，一声又一声。

　　· · ·

　　所有的小绿手都紧紧闭合起来，因为蒙塔娜的恐惧如此惨不忍睹。动物园园长下令让站在旁边的吊车司机将一块深蓝色的布罩盖在穹顶之上，人工模仿地球之夜。真正的夜晚每六十二个地球小时来到动物园一次，只延续一小时。

比利拧亮落地灯。这唯一的光源清楚地投射出蒙塔娜身体的巴洛克风格的细节。比利联想起了遭到大轰炸之前德累斯顿奇异的建筑群。

. . .

渐渐地，蒙塔娜开始喜欢和信任比利·皮尔格林了。他一下也没碰触过她，直到她清楚地表明希望他碰她。到达特拉法玛多大约一个地球星期的时光后，她羞怯地问他，是不是想跟她一起睡觉。他跟她一起睡了。飘飘欲仙的感觉。

比利从那张甜蜜的床上经过时间旅行来到 1968 年的另一张床上。那是伊利昂他家中的睡床，电热毯温度调得很高。他浑身出汗，昏昏沉沉地记得女儿将他安放在床上，让他别下去，直到暖气炉修好为止。

有人敲他卧室的门。

"谁呀？"比利问。

"修燃油炉的。"

"怎么样？"

"现在没问题了。暖气上来了。"

"很好。"

"老鼠咬坏了自动调温器的电线。"

"该死的东西。"

比利吸了口气。他的暖床有一股蘑菇窖的味道。他在梦中与蒙塔娜·怀尔德哈克发生了风流艳事。

. . .

色情梦后的那天上午，比利决定回到坐落在贸易中心的营业处工作。生意像往常那样红火。他的助理们把商店维持得非常好。看到他，他们十分吃惊。他女儿对他们说，他很可能永远不会再干这一行当了。

但比利熟练地走进验光室，让第一个检查眼睛的人进来。于是他们叫来一个十二岁的男孩，由他的寡妇母亲陪着。他们是新来这个城市的陌生人。比利询问了一些他们的情况，得知男孩的父亲死于越南——在邻近拉古多的著名的八七五高地五日争夺战中被打死。事情就是这样。

　　• • •

　　在给孩子检查视力的时候，比利一本正经地跟他讲述自己在特拉法玛多的历险，让这个没爹的孩子放心，他父亲其实仍然活得好好的，活在孩子可以反复看到的时段里。

　　"是不是让人感觉好多了？"比利问。

　　谈话过程中的某个时候，孩子的母亲走了出去告诉接待员，比利的脑子明显不正常。比利被带回家中。他女儿又问他："老爸，老爸，老爸——我们该拿你怎么办？"

6

听我说:

比利·皮尔格林说他是注射吗啡那晚的后一天离开位于俄罗斯战俘灭绝营中心部位的英国区,前往德国的德累斯顿的。那是 1 月份,那天比利在天亮时分醒来。那所小医院没有窗子,鬼影般的蜡烛已经熄灭。因此,唯一的亮光来自墙上的钉子洞和由于门装得不严实而留出的长方形门框。手臂骨折的小个子保罗·拉扎罗在一张床上打呼噜。最后被执行枪决的中学教师埃德加·德比在另一张床上打呼噜。

比利从床上坐起。现在是哪一年,他在哪个星球上,他浑然不知。不管这个星球名叫什么,此地十分寒冷。但比利不是被冻醒的。是一种动物的磁力使他发抖,使他浑身发痒。这东西让他肌肉酸痛,就像进行了大运动量的锻炼一样。

这个动物磁力从背后向他传来。如果一定要让比利猜测其来源,他会说他身后墙上倒挂着一只吸血蝙蝠。

比利移向行军床脚的那一端,然后才准备转身看到底是什么东西。他不想让这只动物飞到他的脸上,用爪子掏出他的眼睛,咬掉他的大鼻子。然后他转身。磁力来源的确像一只蝙蝠。那是比利带毛领子的演艺人外衣。外衣挂在钉子上。

比利背朝着它,转过头观察,感到磁力在增大。然后他面对着它,跪在行军床上,大胆地东摸西摸。他正在探寻辐射的确切来源。

他发现两个小源头,藏在衬里中相隔一英寸的两颗小东西。其中一粒形状像豌豆,另一粒外形像小马蹄。比利接受了辐射传来的信息。他被告知不要追究这两粒东西是什么,只要知道这东西能为他带来奇迹就行了,前提是他不坚持弄清它们的性质。对于比利来说这不是问题。他心存感激。他十分欣喜。

· · ·

比利打了一阵瞌睡,醒来还是在战俘营的医院里。太阳已经高高挂在天空。外面传来健壮男人在坚硬的地面上挖洞竖桩子的声音。英国人正在为自己建造一个新厕所。他们放弃了旧厕所，把它留给了美国人——也让出了剧场，以及举行宴会的那个地方。

六个英国人抬着一张上面堆放着好几张床垫的台球桌，踉踉跄跄地经过医院。他们将这些东西转移到紧挨着医院的居住区。他们身后还跟着一个英国人，拖着床垫，拿着飞镖圆靶。

拿飞镖靶的人是把小保罗·拉扎罗打骨折的蓝仙女教母。他在拉扎罗的床边停下，问他是不是好点了。

拉扎罗告诉他，战争结束后他会派人把他杀了。

"是吗？"

"你要倒霉了，"拉扎罗说，"谁犯着我，最好把我杀死，不然他就活不成。"

蓝仙女教母对于杀人还是略知一二的。他给了拉扎罗谨慎的一笑。"如果你真的能说服我杀人是件聪明事，"他说，"我还有时间先把你处理了。"

"你还是去操你自己吧。"

"别以为我没试过。"蓝仙女教母回答说。

· · ·

蓝仙女教母离开了，感到好笑，又不无怜爱。他离开之后，拉扎罗向比利和可怜的老埃德加·德比发誓，说他要报仇雪恨，说复仇是件快乐的事情。

"这是世界上最快乐的事。"拉扎罗说。"那些人跟我作对，"他说，"老天爷会让他们后悔一辈子的。还不把我笑死。我才不管是男是女。如果美国总统跟我过不去，我就好好收拾他。你要是看到过那一次我怎么对付一条狗，你们就明白了。"

"一条狗？"比利说。

"那他娘的畜生咬我。于是我搞了点牛排，把钟里的弹簧弄下来。我把弹簧剪成小段，两头弄尖。锋利得就像剃须刀片。我把它们放进牛排——塞得很靠里。我走过他们拴狗的地方。它还想咬我。我对它说："来吧，小狗狗——我们交朋友吧。我们不要再成为敌人了。我不生气。'它相信了我。"

"它真相信了？"

"我把牛排扔给它。它一大口吞了下去。我在旁边等了十分钟。"拉扎罗的眼睛里闪着光，"血开始从它嘴里流出。它开始哀叫，在地上打滚儿，就好像尖钉扎在它身体外面，而不是里面。然后它想咬掉自己的内脏。我乐了，对它说：'这回做对了。把肠子扯出来，乖乖。是我在里面捅刀子呢。'"事情就是这样。

"如果有谁问你什么是一生中最快乐的事情——"拉扎罗说，"那就是复仇。"

• • •

顺便说一下，后来当德累斯顿被摧毁时，拉扎罗并未感到兴高采烈。他说，他跟德国人没有什么过不去的。而且，他说他喜欢同敌人一对一单挑。他从来没有伤害过无辜的旁观者，对此他十分自豪。"只要不是自作自受，"他说，"我拉扎罗不会伤害任何人。"

• • •

可怜的老埃德加·德比，那个中学教师，加入了谈话之中。他问拉扎罗，是不是计划用钟的弹簧和牛排喂蓝仙女教母。

"屁蛋。"拉扎罗说。

"他可是个大个子。"德比说。当然，德比本人也是个大个子男人。

"个子啥用也不顶。"

"你开枪打死他？"

"我会让别人一枪结果他，"拉扎罗说，"战争结束后他回到家里，成为大英雄。姑娘们抢着往他身上爬。他会安顿下来，头两年平安无事。接着有一天有人敲门。他去开门，门外站着的是个陌生人。陌生人问他是不是某某人。得到肯定的回答之后，陌生人就说：'我是保罗·拉扎罗派来的。'

然后他掏出一把枪，把他的鸡巴崩掉。陌生人会给他几秒钟想想保罗·拉扎罗是谁，想想没有鸡巴的日子怎么过。然后陌生人一枪打进他的肚子，扬长而去。"事情就是这样。

. . .

拉扎罗说只要花上一千美元外加旅费，他可以除掉世界上的任何人。他脑子里记着一张黑名单，他说。

德比问他名单上都是哪些人，拉扎罗说："你他妈的管好自己别进这个名单。别惹着我，就行了。"一阵沉默后，他又说，"也别惹着我的朋友。"

"你有朋友？"德比想知道。

"战争中的？"拉扎罗说，"对——我有一个战争中的朋友。他死了。"事情就是这样。

"太不幸了。"

拉扎罗的眼睛又闪起亮光。"是的，他是我同一车厢的战友，名字叫罗兰·韦利，死在我怀里。"他把那只还能移动的手指向比利，"都怪这个愚蠢的浑球儿，他才死的。所以我向他发过誓，仗打完以后要把这个愚蠢的浑球儿一枪崩了。"

拉扎罗把手一挥，阻止比利·皮尔格林可能要说的任何话。"忘了这件事吧，小伙子，"他说，"能活的日子好好活着。也许五年，十年，十五年，二十年，啥事也不会发生。但是让我给你一个忠告：门铃响的时候，最好别自己去开门。"

. . .

比利·皮尔格林说，他最后的确是以这种方式死去的。作为一个时间旅行者，他已经多次看到过自己的死亡，还把当时情景的描述用录音机录了下来。他说，录音磁带同他的遗嘱和其他一些有价值的东西一起，锁在伊利昂全国商人银行信托的保险柜里。

我，比利·皮尔格林，录音磁带是这样开始的，将死于，已经死于，永远必定死于 1976 年 2 月 13 日。

在他死去的时候，他说，他正在芝加哥对一大群听众就飞碟和时间本质的主题进行演讲。他的家仍然在伊利昂。他不得不穿越三个国际边界才能到达芝加哥。美利坚合众国已经巴尔干化，分裂为二十个小国，这样它就不再是世界和平的威胁。芝加哥已经遭到过氢弹袭击。事情就是这样。城市的一切都是崭新的。

比利在一个网格穹顶的垒球场做报告，座无虚席。他身后是国旗，国旗的图案是绿色田野上的一头海福牛。比利预言自己将在一小时之内死亡。说到这件事他笑了，也希望听众与他同乐。"到了该我死的时候了。"他说。"很多年以前，"他说，"有个人发誓要把我杀了。他现在已是个老人，住在离此地不远处。他阅读了我在贵市活动的所有相关报道。他神志不正常。今晚他将履行自己的诺言。"

听众中有人表示抗议。

比利·皮尔格林不能对他们表示苟同。"如果你们抗议，如果你们认为死亡是一件可怕的事情，那么我所说的你们一句也没听懂。"他结束了自己的演讲，用的是每次都相同的结束语，"再见，你好，再见，你好。"

他离开讲台时四周都是保护他的警察，防止人群冲挤。自 1945 年以来从未有过要杀害他的威胁。警察提议守在他身边。他们激情高涨，愿意整夜手持激光枪围成一圈站在他周围。

"不必，不必，"比利平静地说，"是时候了，该你们回到老婆孩子身边，该我死一会儿——然后继续活着。"此时此刻，比利高突的脑门儿进入了强力激光枪瞄准器的十字准心，瞄准他的枪隐藏在阴暗处的一个新闻台后。接下来的一瞬间，比利死了。事情就是这样。

就这样比利经历了一阵子的死亡。死亡只是一片紫光和嗡嗡的声音。那儿没有任何人，连比利自己也不在场。

· · ·

然后他又被甩回到人生之中，一路回到拉扎罗威胁要取他性命之后的一小时——在 1945 年。人们让他从医院的病床上下来，穿好衣服，说他已经康复。他、拉扎罗和可怜的老埃德加·德比被要求去剧场集中。那里，他们将通过无记名投票的自由选举，选出自己的领导。

• • •

比利、拉扎罗和可怜的老埃德加·德比穿过俘虏营的院子，来到剧场。比利手里拿着他的小外衣，就好像戴着女士的皮手筒，把它一圈圈地绕在手上。这场面好像是无意识中对著名油画《七六年的精神》[27]的拙劣模仿，比利是其中的主要丑角。

埃德加·德比在头脑中为家信打着腹稿，告诉妻子他还活着，一切都好，让她不要担心，告诉她战争马上要结束了，他很快就能回家。

拉扎罗自言自语地念叨着战争后那些他计划要除掉的人，那些他要实施的敲诈，那些不管情愿不情愿都不得不委身于他的女人。如果他是城里的一条狗，警察不得不开枪把他打死，把他的头送去化验，查查有没有狂犬病。事情就是这样。

快到剧场时，他们看到一个英国人用靴子后跟在地上刨一道沟。他正在战俘营英国区和美国区之间建一条边界。比利、拉扎罗和德比用不着询问这条边界是什么意思。这是他们从孩提时期就熟悉的象征。

• • •

剧场铺满了美国人的身体，一个个像汤匙一样蜷缩着。大多数美国人处于迷糊状态，或正在熟睡。他们的肠子颤动着，已经干了。

"把他妈的门关上，"有人对比利说，"你是牲口棚里出生的？"

• • •

比利把门关上，从皮手筒里抽出一只手来，摸了下炉子。炉子冷得像冰一样。舞台上《灰姑娘》的布景还没有撤，刺眼的粉红色拱门上挂着天蓝色的布帘。金色的王座、指针对着午夜十二点的假钟都还在。在金色王座的底下，由飞行靴涂上银色做成的灰姑娘的两只水晶鞋，紧挨着翻倒在地上。

英国人发放毯子和床垫时，比利、可怜的老埃德加·德比和拉扎罗在医院里，所以没有拿到，只能自己想办法临时对付。能找到的唯一空地在舞台上。他们走到上面，扯下天蓝色的布帘做了个小窝。比利蜷缩在天蓝色的窝里，眼前出现的是王座下灰姑娘的银靴子。他想起自己的鞋子已坏，正需要一双靴子。他讨厌从窝里钻出来，但强迫自己采取行动。他四肢着地爬到靴子跟前，坐下试穿。

靴子大小正合适。比利·皮尔格林成了灰姑娘，灰姑娘成了比利·皮尔格林。

. . .

屋里某个地方，领头的英国人正在做有关个人卫生方面的宣讲，接下来是民主选举。整个过程中至少有一半美国人在呼呼大睡。英国人走上舞台，用一根轻便手杖敲击王座的扶手，喊道："小伙子们，小伙子们，小伙子们——请大家注意了。"如此等等。

. . .

英国人讲的生存之道是这样的："如果你不再在乎自己的外表，那么你很快会死亡。"他说他见到过好几个人就是这样死去的："他们不再挺直站着，不再洗脸、刷牙、刮胡子，不再从床上起来，不再同别人讲话，然后就死了。至少有一点好处：显然是一种容易而且没有痛苦的死法。"事情就是这样。

英国人说，当他被俘的时候，他对自己立下如下誓言，而且坚持至今，那就是：一天刷两次牙，一天刮一次胡子，饭前便后洗手、洗脸，一天擦一次皮鞋，每天早上至少锻炼半个小时，然后大便，常常照镜子，坦诚地评价自己的外表，尤其是仪态。

比利·皮尔格林躺在他的小窝里听他讲话。他眼睛看的不是英国人的脸，而是他的脚踝。

"我羡慕你们，小伙子。"英国人说。

有人笑了。比利不明白有什么好笑的。

"小伙子，你们今天下午要离开这里去德累斯顿——据说，是个漂亮的城市。你们不会像我们一样被囚禁在这里。你们将走进真实的生活之中，食品也肯定比这里更加充足。这里我想插入一点个人感受：已经五年时间了，我没有看见过一棵树、一朵花、一个女人或孩子——或者一条狗、一只猫，或者一个娱乐场所，或者一个正从事着有益劳动的人类。

"你们不必担心轰炸。顺便说一下，德累斯顿是一个开放城市，不设防，没有战争工业，没有值得一提的驻军部队。"

• • •

屋子里的某个地方，老埃德加·德比被选为美国人的头领。英国人要求

提名，但没有人吭声。于是他提名德比，称赞他成熟，有与人打交道的丰富经验。由于没有新的提名，提名结束。

"都同意吗？"

两三个人说："同意。"

接下来可怜的老德比进行了演讲。他感谢英国人的善意忠告，说他会不折不扣地执行。他说他相信所有其他美国人同样也会遵循。他说他现在的首要职责就是竭尽全力确保每个人都能平安回家。

"去他妈的面圈饼吧，"保罗·拉扎罗在他天蓝色的小窝里低声抱怨说，"去他妈的月亮吧。"

• • •

那天气温上升很快。中午十分和暖舒适。德国人用两轮车送来了汤和面包，由俄国人拉着。英国人送来了真正的咖啡、糖、果酱、香烟和雪茄。剧场的门开着，让屋外的热气进来。

美国人开始感到身体状况好多了。吃下去的东西不再马上泻掉。于是去德累斯顿的时候到了。美国人十分时髦地列队走出英国人战俘区，比利·皮尔格林又一次走在队伍的前头。他现在穿着银靴子，裹着皮手筒，把一块天蓝色的帘子像宽大的长袍一样披着。比利仍然没有刮过胡子，走在他旁边的可怜的老埃德加·德比也是如此。德比想象着他要写回家的信，嘴唇微微颤动，念念有词：

亲爱的玛格丽特——今天我们出发去德累斯顿。不用担心。这地方永远不会挨炸。它是个开放城市。中午我们举行了选举，猜得到什么结果吗？

如此等等。

他们又一次来到战俘营铁路站的院子。他们来的时候挤在两节车厢中，离开时有四节车厢，舒服多了。他们又看到了那个死去的流浪汉。他躺在铁轨边的杂草丛中，被冻得硬邦邦的。尸体呈胎儿的睡姿，死了以后仍像汤匙一样同其他人蜷缩在一起。现在他身边已经没有其他人，与他做伴的只有空气和煤渣。有人把他的靴子拿走了。他的光脚呈青灰色。从某个角度来讲，他死了也关系不大。事情就是这样。

• • •

去德累斯顿的旅程充满欢乐。路程只有两个小时。皱缩的小肚子已经填饱。通风口送进阳光和舒暖的微风。英国人给了他们不少烟。

下午五点美国人到达德累斯顿。闷罐子车车门被打开，门框中展现出很多美国人从来没有看到过的美丽城市。城市勾画出令人愉悦、让人着迷的轮廓，复杂而荒诞。在比利·皮尔格林看来，像主日学校的天堂图景。

车厢中比利身后有人说："奥茨国[28]仙境。"说话的是本人，是我。我见过的唯一另一座城市是印第安纳州的印第安纳波利斯。

• • •

德国的其他每一座大城市都遭受到了猛烈的轰炸，被大火摧残。德累斯顿毫发无损，连震裂的窗玻璃都看不到。空袭警报每天都会响起，狂呼乱叫，人们跑进地下室，在那里收听无线电广播。飞机总是飞往别的地方——莱比锡、开姆尼茨、普劳恩，诸如此类的地方。事情就是这样。

在德累斯顿，蒸汽供暖设备仍然欢乐地轻唱着，街车仍然叮叮当当，电话仍有铃声响起，畅通无阻，灯光仍然随着电闸的开关而闪亮或熄灭。城里有剧院和餐馆，还有动物园。城市的主要产业是药品、食品和烟草加工。

正是下午近黄昏的时候，人们下班回家。他们疲惫不堪。

• • •

八个德累斯顿人穿过铁轨纵横交错的车站。他们穿着新军服，一天之前刚刚宣誓加入军队。他们是些男孩和已过中年的男子，还有两个在俄国被打得残缺不全的退伍兵。他们的任务是看守到此地来当合同劳工的一百名美国战俘。小队中有一个祖父和他的孙子。祖父是个建筑师。这八个人走近装载着他们监护对象的车厢，面色阴郁。他们心里清楚，他们自己作为士兵看上去是何等病弱和愚蠢。事实上他们中的一个还装着假肢，手中不光拿着装上子弹的步枪，还拿着一根拐杖。尽管如此——他们仍然指望从这批刚从前线杀戮回来的高大、傲慢、凶残的美国步兵那里得到服从和尊重。

这时他们注意到了留着胡子的比利·皮尔格林，身披蓝袍，足蹬银靴，两手插在皮手筒中，看上去至少有六十岁。比利旁边是手臂骨折的小个子保罗·拉扎罗，拉扎罗因患狂犬病嗓子里发出嘶嘶的声音。拉扎罗旁边是可怜的中学教师老埃德加·德比，德比脑子里可悲地塞满了爱国主义、中年的成熟和想象的智慧。如此等等。

当这八个滑稽的德累斯顿人搞清楚面前这一百个滑稽的造物真的就是刚从前线回来的美国作战人员时，他们露出了笑容，然后大笑起来。他们的恐惧烟消云散。没有什么可害怕的。这是一群比他们受到更大摧残、更加愚蠢可笑的人。这里有一台轻喜剧。

· · ·

于是轻喜剧演出团列队走出铁路站，进入德累斯顿的街道。比利·皮尔格林是明星演员，走在游行队伍的前面。人行道两边有成千个下班回家的行人。由于过去两年主要靠吃土豆度日，他们面如油灰，没有光泽。除了好天气，他们从不指望有其他的恩赐。突然间——欢乐降临。

路上的很多人发现比利特别搞笑，但他没有与这些人打照面。城市的建筑让他着迷。窗户上方欢乐的小爱神编织着花环。调皮的农牧神和裸体的仙女从花彩装饰的屋檐上俯视着比利，石猴欢跃在贝壳、竹子和涡卷形的雕饰中间。

记忆中的未来告诉比利，大约再过三十天——这个城市将被炸成碎片，然后焚毁。他也知道，现在看着他的大多数人也将命归西天。事情就是这样。

比利一边走，一边两手在皮手筒里忙碌着。在温暖黑暗的皮手筒里忙碌时，他的手指尖想弄明白那件演艺人小外套衬里的两颗小东西是什么。他的手指尖进入衬里的里面，触摸着这两个小颗粒，一颗豌豆状的东西，一颗马蹄形的东西。游行队伍不得不在一个繁忙的街角停下。交通灯是红色的。

• • •

就在这个街角，在一队行人的前排有一名外科医生，做了一整天手术。他是个平民，但举止像个军人。他为两次世界大战提供了服务。比利的样子使他不快，尤其是当他从卫兵那里得知比利是美国人时，更为生气。在他看来比利的品位似乎极差。他认为比利费了不少愚蠢的心机才弄来这一身装束。

这名外科医生会说英语，他对比利说："我猜想你觉得战争很滑稽吧，对吗？"

比利茫然地看着他。一时间比利想不起他在什么地方，又是如何到达那

里的。他完全没有意识到别人会以为他在扮小丑搞笑。是命运，当然，让他穿上了这身装束——命运加上点微弱的求生愿望。

"你想引我们发笑，是吗？"外科医生问他。

外科医生在要求一个答复。比利一头雾水。比利想表现出友好，可能的话也愿意提供帮助，但他资源有限。他的手指正拿着外衣衬里中的两颗东西。比利决定拿出来给外科医生看。

"你以为我们会喜欢这种戏弄？"外科医生说，"以这种方式来代表美国你觉得很骄傲，是吗？"

比利从皮手筒里抽出一只手来，将东西拿到外科医生的鼻子底下。在他的手掌上放着一颗两克拉的钻石和一部分假牙托。牙托是件很恶心的作品——银色加珠白加玫红色。比利笑了。

• • •

行走的队伍加快了步子，跌跌撞撞、踉踉跄跄地来到德累斯顿屠宰场的大门口，又走到里面。屠宰场已经不再是个繁忙的地方。德国境内几乎所有

带蹄的动物都已经被人类，尤其是士兵，宰杀、吃掉并排泄了。事情就是这样。

美国人被带到了屠宰场大门内的第五幢房子。这是一座单层水泥方块建筑，前后有滑门，原先是用来圈养即将被屠宰的猪，现在的功能是一百个远离家园的美国战俘的临时居所。建筑里面有铺位、两个圆肚子的火炉和一只水龙头。厕所在建筑后面，其实是一根横栏杆固定的篱笆，下面放着木桶。

建筑的门上有一个巨大的数字。这个数字是"五"。美国人在进入建筑之前，唯一能讲英语的一个卫兵让他们记住这个简单的地址，以免在大城市迷路。这个地址是："施拉赫特霍夫-芬夫[29]"。"施拉赫特霍夫"是屠场的意思，"芬夫"为熟悉可爱的"五"字。

7

自那二十五年以后，比利在伊利昂登上了一架包租飞机。他知道飞机要失事，但不想说出来遭人取笑。按原计划这架载着比利和其他二十八个验光配镜师的飞机准备前往蒙特利尔参加一个会议。

他的妻子瓦伦西娅在飞机外，他的岳父莱昂内尔·默布尔系着安全带坐在他旁边的位子上。

莱昂内尔是一台机器。当然特拉法玛多人说宇宙中的每一个造物、每一颗星球都是机器。说他们是机器会让很多地球仔不快，这使特拉法玛多人感到好笑。

飞机外面，那台名叫瓦伦西娅·默布尔·皮尔格林的机器正一边吃着彼得·保尔公司的"芒滋"牌巧克力，一边挥手向他们说再见。

• • •

飞机安全起飞。这一瞬间就是这样设定的。飞机上有一个理发店四重唱组[30]。他们也是验光配镜师。他们称自己为"四球组"，即"四眼浑球儿"之缩略。

当飞机安全飞行在高空时，那台成为比利岳父的机器请四重唱组演唱他最喜爱的那首歌。他们知道他指的是哪一首，并开始演唱。歌词是这样的：

我坐在监狱小囚房，

臭屎拉了满裤裆，

两颗蛋在地板轻轻跳荡。

她里头狠狠一咬，

我看到血糊糊一条，

睡女人从此不找波兰佬。

比利的岳父笑得前俯后仰，要求四重唱组再演唱另一首他非常喜欢的关于波兰人的歌曲。于是他们唱了一首来自宾夕法尼亚煤矿的歌，是这样开始的：

我和马克在矿井做工作。

喔唷妈哟咱俩过得多快活。

一礼拜一次俺去领工钱。

喔唷妈哟第二天啥活不用干。

讲到来自波兰的人：比利·皮尔格林到达德累斯顿大约三天后，碰巧看见一个被吊死在公共场所的波兰人。太阳刚升起不久，比利和其他一些人走去工作时，经过足球场前面的一个绞刑架和一小群围观的人。此人是个波兰农场工，被绞死的原因是他与一个德国妇女发生了性关系。事情就是这样。

　　•　•　•

比利知道飞机很快就会坠毁，他闭上眼睛，通过时间旅行来到 1944 年。他又回到卢森堡的树林里——与"三个火枪手"在一起。罗兰·韦利正使劲摇晃他，把他的头朝树干上撞。"伙计们，你们自己走吧，别管我。"比利·皮尔格林说。

　　•　•　•

飞机上理发店四重唱组正在演唱《等到太阳升起，奈利》时，飞机一头撞上了佛蒙特州糖槭山山顶，除了比利之外，其余人全部罹难。事情就是这样。

最先来到飞机失事现场的是山下滑雪胜地的年轻的奥地利滑雪教练。他们一个挨一个地搜寻尸体，互相用德语交流。他们戴着黑色防风面具，上方有一个红色的头饰，只有眼睛处露出两个小孔。他们看上去像高力娃[31]，像是为了博君一笑故意扮作黑人的白人。

比利头颅骨折，但依然清醒。他不知道自己身处何方。他嘴唇微微颤动，一个高力娃把耳朵凑在他的嘴唇边，他说的很可能是临终遗言。

比利以为高力娃与第二次世界大战有关，用微弱的声音把自己的地址告诉他："施拉赫特霍夫——芬夫"——五号屠场。

· · ·

人们用雪橇把比利送下糖槭山。"高力娃"们用绳索控制雪橇，有乐感地用真假嗓音变换吆喝着，让雪橇在正确的雪道上行驶。接近山脚时，雪道在缆车高塔处急速转弯。比利抬头看到上面所有的年轻人，他们在雪地上摔得晕晕乎乎，穿着有弹性的艳丽服装和巨大的靴子，戴着护目镜，坐在黄色的缆车椅上晃悠悠地从空中经过。他以为第二次世界大战进入了一个有趣的新阶段，而这些人是其中的一部分。比利对此并不在意。对比利而言一切都无所谓。

· · ·

他被送进一家私人小医院。一位著名的脑外科医生从波士顿赶来为他做了三个小时的手术。手术后的两天比利处于无意识状态。其间，他梦见了成千上万的东西，有些是真实的。真实事情是时间旅行。

· · ·

梦见的真实事情之一，是他在屠宰场的第一个晚上。他和可怜的老埃德加·德比正推着一辆空两轮推车经过两边都是空畜栏的泥路。他们去的地方是为全体人员提供晚餐的公共厨房。看押他们的是一个十六岁的德国人，名叫沃纳·格卢克。手推车的轴是用死动物的油脂润滑的。事情就是这样。

太阳刚刚下山，霞光返照着整个城市，在闲置的畜栏边田园般的空白处形成一圈低矮的悬崖。由于轰炸机可能前来造访，城市实行灯火管制，因此比利无法欣赏到德累斯顿最欢乐的一面。夕阳西下之后，一座城市所能展示的最欢乐的时刻，就是城市的灯光眨着眼睛一盏接一盏地闪亮起来。

有一条大河可以反射灯光，让夜间的闪烁变得无比美丽。那条河就是易北河。

· · ·

沃纳·格卢克，那个年轻的看守，是德累斯顿当地人。他以前从来没有进入过屠宰场，因此不知道公共厨房在什么地方。他是个瘦弱的高个子，长得很像比利，可以成为他的小兄弟。事实上他们确实是远房兄弟，但他们从来没有发现这一层关系。格卢克的武器是件沉甸甸的博物馆老古董，一杆单发滑膛枪，有八边形枪杆和光溜溜的枪膛。他在枪上配了刺刀。刺刀没有血槽。

格卢克领路来到他以为里面有厨房的那幢建筑，拉开边上的滑门。但房子里面没有厨房，而是与公共淋浴室相连的一间更衣室，弥漫着蒸气。蒸气中有三十来个十几岁的女孩，光着身子。她们是来自遭到狂轰滥炸的布雷斯劳的德国难民。她们也刚到德累斯顿不久。德累斯顿挤满了难民。

那些姑娘无遮无盖，私密部分一览无余。而站在门口的是格卢克、德比和皮尔格林——一个未成年的士兵，一个可怜的老中学教师和一个披宽袍、穿银靴的小丑——瞪大眼睛看着。姑娘们尖叫起来，用手护住身体，转过身去，如此等等，这景象美不胜收。

以前从来没见过裸体女人的沃纳·格卢克拉上滑门。比利也从来没见过，而对于德比则不是什么新鲜事。

• • •

当这三个傻瓜到达主要为屠宰场工人提供午餐的公共厨房时，其他所有人都已回家，只有一个女人不耐烦地等候着他们。她是个战争寡妇。事情就是这样。她已穿好外衣，戴好帽子。她也想回家了，尽管家中没有等候她的人。她的两只白手套并排放在锌板桌面的柜子上。

她为美国人准备了两大罐汤，放在煤气灶上用小火炖着。她还有一大摞黑面包。

她问格卢克他当兵是不是年纪实在太小了一点。他承认自己年纪太小。

她问埃德加·德比他的年纪当兵是不是实在太大了一点。他说是太大了一点。

她问比利·皮尔格林他穿成这副样子算是什么。比利说他不知道，他只是想穿得暖和点。

115

"真正的士兵都已经死了。"她说。这话不假。事情就是这样。

．．．

在佛蒙特昏迷期间，比利梦中看到的另一件真实事情是，德累斯顿遭到摧毁之前的一个月中，分配给他和其他人在这个城市里做的工作。他们在一家制作麦芽糖浆的工厂工作，擦窗子，拖地板，洗厕所，将瓶子放入箱中，将纸板箱包装好封起。糖浆是强化的，添加了维生素和矿物质，供孕妇服用。

糖浆的味道像略带山核桃木烟熏的稀释的蜂蜜，在工厂里干活儿的每个人每天都偷偷往嘴里送。他们没有怀孕，但也需要维生素和矿物质。干活儿的头一天，比利没往嘴里舀糖浆，但很多其他美国人迫不及待。

第二天比利开始舀糖浆吃。工厂里到处藏着汤匙，椽子上、抽屉里、暖气片后，等等。一听到有人来，舀糖浆的人慌忙把汤匙隐藏起来。偷吃是犯罪行为。

工作的第二天，比利打扫一个暖气片，在后面发现了一只汤匙。他的身后是一桶正在冷却的糖浆。唯一能看到比利和他的汤匙的，是可怜的老埃德加·德比，正在外面洗窗子。那是一只餐桌上用的大汤匙。比利将它插入桶中，转了一圈又一圈，让汤匙变成一根又黏又稠的棒棒糖，塞进嘴里。

过了一阵子，比利身体里的每一个细胞都带着贪婪的感激和赞赏使他颤抖。

．．．

工厂的窗子传来了不同的颤动声。外面是德比，目睹了这一切。他也想要一点糖浆。

于是比利为他做了一根棒棒糖。他把窗子打开，将棒棒糖塞进可怜的老德比张开的嘴中。一阵子过去了，德比的眼中冒出了泪水。比利把窗子关上，藏好黏糊糊的汤匙。有人来了。

8

德累斯顿遭到摧毁之前的两天，屠宰场的美国人遇到了一位有趣的来访者。他是小霍华德·坎贝尔，一个成为纳粹分子的美国人。坎贝尔就是那本关于美国战俘不雅表现专论的作者，但此行他不是来做关于战俘的进一步调查。他到屠宰场来，是为一个叫"自由美国军团"的德国军事团体招募人员的。坎贝尔是这一团体的创建人和总司令。据说这支部队只在俄国战线作战。

· · ·

坎贝尔是个相貌平平的人，但夸张地穿着一套自己设计的华丽制服。他头戴一顶容量十加仑的大白帽，足蹬一双黑色牛仔靴，装饰着纳粹党徽和金星。他身上裹着一件蓝色连体的紧身服，上面的黄色镶条从腋窝一直延伸到脚踝。他的肩饰是淡绿背景中一个亚伯拉罕·林肯的侧身人影。他戴着红色的宽袖章，上面有一个白圈，里面是一个蓝色纳粹党徽。

在水泥围栏猪圈里，他正在解释袖章的象征意义。

由于干活儿时比利·皮尔格林不断偷吃麦芽糖浆，他感到一阵剧烈的心绞痛，痛得眼睛里冒出了泪水。在抖动的咸水镜片的作用下，他眼中看到的是一个扭曲的坎贝尔的形象。

"蓝色代表美国的天空，"坎贝尔说，"白色代表开拓大陆、修渠排涝、清除树林、建筑道路和桥梁的种族。红色代表过去岁月中美国爱国者流淌的鲜血。"

· · ·

坎贝尔的听众昏昏欲睡。他们在糖浆厂劳累了一天，然后在寒风中走长路回家。他们形销骨立，眼睛凹陷，皮肤上开始长出小疮，嘴巴、喉咙和内脏也疼痛难忍。他们在工厂里偷吃的麦芽糖浆只含有一小部分地球仔所需的维生素和矿物质。

如果他们愿意参加"自由美国军团"，坎贝尔现在就请他们吃牛排、土豆泥、浓汤和肉馅饼。"等到打败了俄国人后，"他继续说，"你们就可以从瑞士被遣返回国。"

没有人做出回应。

"你们迟早要与共产党分子作战，"坎贝尔说，"何不现在就把问题解决掉？"

. . .

事态发展的下一步并不是坎贝尔的号召没有激起任何反响。可怜的老埃德加·德比，那位命运多舛的中学教师，笨拙地站起身来，开始了可能是他这辈子最辉煌的时刻。这个故事中几乎没有真正的人物，也几乎没有戏剧性的冲突，因为书中的大多数人病弱无助，成了被难以抗拒的势力抛上抛下的玩物。毕竟，战争的一个主要后果是人们不想成为真正的人物。但是老德比现在是个真正的人物。

他的姿态像一个被打晕的拳击师，垂着头，双拳伸在胸前，等待着指示和战术安排。德比抬起头来，骂坎贝尔是条毒蛇，然后又对这一说法做了纠正。他说毒蛇之所以成为毒蛇，是因为它们别无选择，而坎贝尔有能力选择不成为现在的他，因此他比毒蛇或耗子——甚至吸血的虱子更加不如。

坎贝尔笑了。

德比情绪激动地谈到以自由、正义、机会均等和公平竞争为主旨的美国式政府。他说没有人不愿意为这样的理想奋斗牺牲。

他谈到美国人民和俄国人民之间的兄弟情谊，谈到这两个民族将彻底铲除试图扩散到全世界的纳粹主义瘟疫。

德累斯顿的空袭警报悲切地呼号起来。

美国人、他们的看守和坎贝尔跑到响着回声的肉类储藏库进行掩蔽。储藏库是从屠宰场下面的岩石中挖出的，有一道铁梯子，上下各有一扇铁门。

下面的储藏库中，铁钩上挂着几头屠宰过的牛、羊、猪、马。事情就是这样。库内还有成千个空铁钩。库房没有冷却设备，是自然低温。库房点着蜡烛，墙上刷过石灰，有一股碳酸气味。沿墙放着一排长凳。美国人走到凳子跟前，拂去从白墙上落下的粉尘，然后坐下。

小霍华德·坎贝尔仍然站着，和那些看守一样。他用出色的德语同看守们交谈。他出版过许多德语剧本和诗歌，很受欢迎，还娶了一个名叫蕾西·诺斯的著名德国女演员为妻。她现在已经死了，死于在克里米亚为部队演出的时候。事情就是这样。

· · ·

那天晚上平安无事。德累斯顿的十三万人将在第二天晚上死去。事情就是这样。比利在肉类储藏库昏然入睡，发现自己仍然纠缠在这个故事开始时与女儿的争辩中，每一句话、每一个动作都真真切切。

"老爸，"她说，"我们该拿你怎么办？"如此等等。

"你知道我真想把谁杀了？"她问。

"你能杀谁？"比利问。

"那个基尔戈·特劳特。"

当然，基尔戈·特劳特曾经是，现在仍然是个科幻小说家。比利不仅读过几十本他写的书——他还与特劳特，一个愤世嫉俗的人，交了朋友。

· · ·

特劳特住在伊利昂一个租来的地下室，离比利漂亮的白房子大约两英里路。他自己也不清楚写过多少部小说——也许七十五本那类东西。没有一本为他带来收益。因此，特劳特靠帮《伊利昂报》搞发行维持生计，管辖着一群报童，对小孩子采用欺压、讨好、哄骗等各种手段。

比利在 1964 年首次与他见面。比利开着他的凯迪拉克车经过伊利昂的一条陋巷，被几十个男孩和他们的自行车堵住了去路。街上有一个会议正在进行之中。一个大胡子男人在对孩子们大声训话。他胆怯而又凶悍，显然十分精于自己的行当。那时特劳特六十二岁。他号召小孩们不要偷懒，行动起来，动员他们的日报客户增订该死的周日特刊。他说接下来的两个月中卖出最多周日特刊的人，可以免费获得同父母一起去该死的玛萨葡萄园度假一周的机会，费用全包。

如此等等。

报童中有一个其实是报妞。她异常兴奋。

比利在许多书的封套上看到过特劳特的照片,对他那张带有妄想症神情的面孔十分熟悉。但在家乡一条巷子里突然看到这张脸,比利一时想不出为何这面孔如此熟悉。比利心想,他也许在德累斯顿某个地方曾结识过这位癫狂的救世主。特劳特的样子绝对像一个战俘。

这时,报妞举起手。"特劳特先生,"她问,"如果我赢了,可不可以带我姐姐一起去?"

"去你的,不行,"基尔戈·特劳特说,"你以为钱是树上长的?"

• • •

顺便提一下,特劳特写过一本关于"摇钱树"的书,树的叶子都是二十美元的纸币,花是政府债券,果实是钻石。这棵树吸引人类来到它的根部,互相残杀,这样尸体就成了树的养料。

事情就是这样。

• • •

比利·皮尔格林在胡同里停好他的凯迪拉克车,等待会议结束。散会后特劳特还有一个男孩需要对付。这个男孩不想干了,因为工作太辛苦,干活儿时间太长,报酬太低。特劳特有点担心,因为如果男孩真的撒手不干,特劳特就不得不亲自跑男孩的线路去送报,直到找到另一个替死鬼。

"你算什么人?"特劳特语带不屑地问男孩,"是个没心没肺的奇人?"

这也是特劳特写的一本书的书名《没心没肺的奇人》。故事说的是一个口臭很重的机器人,后来治好了口臭,变得十分讨人喜欢。这一则故事的奇特之处在于,尽管写于 1932 年,它预言了凝固汽油弹将被广泛用于残杀人类。

汽油弹从飞机上向人们扔去。投弹工作是机器人干的。它们没有良知,没有预设的线路程序允许它们想象地面上的人们正在遭遇些什么。

特劳特的机器人主角看上去像个普通人类，能够唱歌、跳舞等，也出去与姑娘约会。没有人因他投掷凝固汽油弹而对他反感，但他的口臭则让人难以原谅。后来他解决了这个问题，人们欢迎他来到人类中间。

· · ·

特劳特没能说服那个甩手不干的男孩。他对男孩讲了所有那些童年送过报，而后来成为百万富翁的人。男孩回答说："没错——但我敢打赌他们一星期就受够了，什么了不起的狗屁事。"

男孩把装得满满的报纸袋扔在特劳特的脚边，把订户名册放在袋子上头。送这些报纸成了特劳特的任务。他没有汽车，甚至连自行车也没有，而且他还怕狗，怕得要命。

一条大狗在某个地方吠叫起来。

特劳特神情哀伤地将送报袋甩上肩膀，正在此时，比利·皮尔格林走上前去："特劳特先生——"

"什么事？"

"你是……你就是基尔戈·特劳特？"

"没错。"特劳特以为比利来向他抱怨送报纸的事情。他没把自己当成作家，简单的理由是这个世界从来不允许他把自己看成作家。

"就是——那位作家？"

"那位什么？"

比利知道自己一定搞错了："有一个作家名字叫基尔戈·特劳特。"

"有一个？"特劳特样子愚蠢，一脸迷惑。

"你从来没听到过这个名字？"

特劳特摇摇头："没有人——从来没有人听说过。"

　　• • •

　　比利开着凯迪拉克车帮特劳特挨家挨户送报纸。比利是个有责任心的人，帮他找到住家，核对分发。特劳特被彻底搞蒙了。此前他从来没有遇到过任何倾慕者，而比利是如此狂热的一个。

　　特劳特对他说，他从未见过自己的书被登过广告或写过书评，也没看见哪里有卖。"所有这些年来，"他说，"我向世界敞开心扉，表示爱意。"

　　"你肯定收到过信件，"比利说，"好几次我有过给你写信的冲动。"

　　特劳特伸出一根手指："一封。"

　　"写得热情洋溢？"

　　"脑子不正常。写信人说我应该成为世界的总统。"

　　后来发现，写这封信的人就是比利在普莱西德湖畔老兵医院住院期间的朋友埃利奥特·罗斯沃特。比利向特劳特介绍了罗斯沃特的情况。

　　"我的天哪——我还以为他大概十四岁。"特劳特说。

　　"一个大男人——战争时期是上尉。"

　　"信写得像个十四岁的孩子。"基尔戈·特劳特说。

　　• • •

　　两天后就是比利结婚十八周年纪念日，比利邀请特劳特前来参加庆祝会。晚会如期举行。

　　特劳特在比利的餐厅里，大口吞食着薄酥饼。他正与一个验光配镜师的妻子交谈，嘴里塞满了费城奶酪和三文鱼鱼子酱。除了特劳特，参加晚会的每个人都与验光配镜业有关。他也是唯一不戴眼镜的人。他成了大明星。每个人都异常兴奋，晚会上来了一个真正的作家，尽管他们从来没有读过他写的书。

与特劳特交谈的是玛吉·怀特。她原是牙医助理，后来辞去工作，给一个验光配镜师当家庭主妇。她长得非常漂亮，最近读的一本书是《劫后英雄传》[32]。

比利·皮尔格林站在一旁听他们交谈。他手中摸索着衣袋里的一件东西。这是他准备送给妻子的礼物：一个白色缎盒装着一枚星彩蓝宝石戒指。戒指价值八百美元。

• • •

尽管特劳特受到的拥戴出自外行的狂热，这种热情还是让他像吸了大麻一样飘飘欲仙。他心情愉快，嗓门洪亮，行为出格。

"恐怕我书读得不多，应该多读些。"玛吉说。

"我们每个人都怕些什么东西，"特劳特回答说，"我怕得癌症，怕老鼠，也怕德国猎犬饲养员。"

"我应该知道，但不知道，所以想问，"玛吉说，"您写的最著名的作品是哪一部？"

"关于一个法国名厨葬礼的故事。"

"听上去很有意思。"

"世界上所有名厨都来了，是一场隆重的仪式，"特劳特一边胡编一边说，"盖棺之前，前来悼念的人往死者身上撒芹菜叶和红辣椒。"事情就是这样。

• • •

"真有这样的事情发生吗？"玛吉·怀特问。她智商不高，但撩惹欲火，让人想跟她配对生宝宝。男人看着她就希望马上给她灌满宝宝。她甚至连一个宝宝都还没有。她采取避孕措施。

"当然真的发生过，"特劳特告诉她，"要是我写的东西没有真正发生过，而我又要将书卖出去，我就有可能要蹲监狱。那是造假。"

玛吉信了他的话："我以前从来没这么想过。"

"现在要这么想。"

"就像做广告一样。在广告里你必须说真话，不然就会惹麻烦。"

"千真万确。两者的道理是一样的。"

"您在将来的某一本书里会不会把我们写进去？"

"我会把发生在我身上的每件事都写进书里。"

"那我说话还得当心点。"

"没错。我不是唯一听你说话的人。上帝也听着。到了审判日他会告诉你你说过、做过的一切。如果说的、做的是坏事情而不是好事情，那你就太不幸了，因为你会永远无休无止地受地狱之火的煎烤，痛起来不会停。"

可怜的玛吉吓得面如土色。她连这话都信了，呆若木鸡。

基尔戈·特劳特狂笑起来。一颗三文鱼卵从他嘴里飞出，落在玛吉的乳沟中。

   • • •

一个验光配镜师请大家肃静。这是比利和瓦伦西娅的结婚周年纪念日，他提议为他们干杯。按照计划，由验光配镜师组成的理发店四重唱"四球组"将唱起来，人们举杯祝贺，而比利和瓦伦西娅互相拥抱，满面红光。每个人的眼睛里都闪着光。演唱的歌曲是《从前的那帮人》。

嘿，歌词是这样的，千想万想，就想见见从前的那帮人。如此等等。过了一会儿，歌中唱道：说声永远再见，从前的姑娘和哥们儿；永远再见，从前的伙伴和情人——愿上帝保佑他们——如此等等。

谁也没有料到，这首歌，这个场面，让比利心烦意乱。他从来没有过从前的"那帮人"——伙伴和情人，但是，当四重唱小组缓慢费力地尝试着和声变化，故意使之变得酸苦，更加酸苦，难以忍受地酸苦，然后又使声音变得令人窒息地甜美，这时比利思念起一个人。对于音调的变化，他出现了一阵强烈的身心不适。他感到满嘴柠檬水的味道,脸变得十分怪异,就好像被绑在一种叫"拉肢刑架"的刑具上受刑一样。

. . .

演唱结束时,好几个人都关切地提到他不同寻常的面色。他们认为他可能突发心脏病,而比利的行为似乎也证实了这种猜测:他走向一把椅子,有气无力地坐下。

一阵沉默。

"哦,我的天哪,"瓦伦西娅说,俯下身子问他,"比利——你没事吧?"

"没事。"

"你看上去真吓人。"

"真的没事——我很好。"他的确没事,唯一的问题是他无法找到解释:

为什么这首歌如此怪异地牵动了他。这些年来他一直以为他对自己没有秘密。这个事件说明他内心某个地方有一个大秘密,但他无法想象那会是什么。

. . .

看到比利的脸上渐渐泛出红润,看到他笑了,人们从他周围散开。瓦伦西娅仍然与他在一起。基尔戈·特劳特刚才站在人群的边缘,现在走到他身边,精明而饶有兴味的样子。

"你这样子就好像看见了鬼魂似的。"瓦伦西娅说。

"没有。"比利说。除了出现在他面前的人,他什么也没有看见——就四个唱歌人的脸,四个普通的人,睁大柔和的圆眼睛,动情投入地演唱着,从甜美到酸苦再到甜美。

"我猜一下,可以吗?"基尔戈·特劳特说,"你透过时间之窗看到了什么。"

"透过什么?"瓦伦西娅说。

"他突然看到了过去或未来。我说得对吗？"

"不对。"比利·皮尔格林说。他站起来，把手放进衣袋，摸到里面装有戒指的小盒子。他把盒子拿出来，茫然地交给瓦伦西娅。他原本打算演唱结束时，在众人的注视之下将礼物交给她。现在观众只有基尔戈·特劳特一个人。

"给我的？"瓦伦西娅说。

"是。"

"哦，我的天哪。"她说。然后她又说了一次，声音更大，好让别人听见。他们围了过来，她把盒子打开。看到盒子里带星的蓝宝石，她几乎尖叫起来。"哦，我的天哪。"她说。她给比利深深的一个吻。她说："谢谢你，谢谢你，谢谢你。"

. . .

比利送给瓦伦西娅的漂亮首饰，这些年来已经多次成为人们的话题。"我的天哪，"玛吉·怀特说，"她已经有了最大的钻石，除了电影里我还

没见到过更大的。"她指的是比利从战争中带回来的那颗钻石。

顺便说一下，在演艺人小外套中发现的那枚部分假牙托，他放在衣柜抽屉里的一只放袖口链扣的小盒子中。比利收集了一批袖口链扣。每个父亲节他总是收到作为礼物的袖口链扣，这已成家庭习俗。他现在戴的父亲节袖口链扣，是用古罗马钱币做的，价值超过一百美元。楼上他还有一副袖口链扣，做成赌场的轮盘，真的能转。他还有另一副，其中一只是真的温度计，另一只是真的指南针。

. . .

比利在晚会来客中走来走去——外表看来十分正常。基尔戈·特劳特像盯梢似的尾随着他，兴趣浓烈，想知道比利在怀疑些什么，看到了什么。毕竟，特劳特的大部分小说都与时间翘曲、超感官意识和其他非常规事件有关。特劳特相信诸如此类的事情，渴望证明它们的存在。

"有谁试过把一面大镜子放在地板上，然后让一条狗站在上面？"特劳特问比利。

"没有。"

"狗朝下看时，突然意识到身下什么也没有。它以为站在空中，吓得一蹦老远。"

"它真会？"

"你脸上就是这种神色——好像突然之间意识到自己站在空中。"

. . .

理发店四重唱组又开始表演。比利又一次受到情绪上的折磨。这种感受绝对与四个演唱者，而非他们的演唱内容有关。

比利被带进里屋的时候，他们唱的是这样一段：

肉卖四毛钱，棉布一毛一。

世上穷苦人，怎么买得起？

因为要下雨，祈祷盼天晴。

境况日日下，逼疯老百姓。

刷上棕黄色，建座好酒吧。

闪电紧随来，把它全烧塌。

说也没有用，人人都泄气。

肉卖四毛钱，棉布一毛一。

棉布一毛一，赋税一大筐。

担子重如山，穷人怎么扛……

如此等等。

比利逃到了自己漂亮的白色居所的楼上。

· · ·

要不是比利阻止他，特劳特也会跟着上楼来。然后比利进了楼上的洗浴间，里面十分昏暗。他关上门，锁上。他没有开灯，但渐渐开始意识到浴室里还有别人。他的儿子在里面。

"爸爸？"他的儿子在黑暗中说。罗伯特，未来的绿色贝雷帽成员，那时十七岁了。比利喜欢他，但对他并不了解。比利不禁感到，对于罗伯特他也没有太多可以了解的。

比利"啪"的一声打开了电灯。罗伯特坐在马桶上，睡裤褪到脚踝处。他背着一把电吉他，皮带斜挎在肩膀上。吉他是那天刚买的，他还不会弹。事实上，他从来没学会过。吉他是珠光粉红色的。

"你好，儿子。"比利·皮尔格林说。

· · ·

尽管楼下还有客人要招待，比利走进了自己的卧室。他在自己的床上躺下，拧开"魔指"按摩器。床垫颤动起来，把床底下的一条狗吓得跑了出来。那条狗叫"斑点"。听话的老"斑点"那时仍然活着。"斑点"跑到一个角落又躺下了。

· · ·

比利苦思冥想，试图弄明白为什么理发店四重唱会让他有这样的反应，然后他发现这与他很久以前的一次经历有关。他没有通过时间旅行返回到那次经历，而是零零星星地记得如下一些片段。

德累斯顿被摧毁的那天晚上，他在地下肉类储藏库里，上面响起如巨人走过的脚步声。那是投下的烈性炸药。巨人不停地走动。肉类储藏库是个非常安全的掩体。下面只不过是偶然泼下一阵墙粉。下面只有那些美国人、四个看守和为数不多的屠宰过的整牲畜，没有其他别的人。其他看守在空袭之前回到了各自在德累斯顿的舒适的家中。他们都与家人一起在空袭中被炸死。

事情就是这样。

那些光着身子被比利看到过的姑娘们也都被炸死了。她们躲进了牲畜围场另一处较浅的防空掩体内。

事情就是这样。

一名看守不停地走到梯子的顶端，观察外面发生的情况，然后回来用耳语告诉其他几名看守。外面是火的风暴，德累斯顿变成了一个大火炬。火炬吞噬着每一个生物和每一件会燃烧的东西。

直到第二天中午险情过后，他们才可以安全走出掩体。美国人和他们的看守走到外面时，天空由于浓烟变成黑色，太阳成了愤怒的小不点。德累斯顿就像月球表面，除了矿石一无所有。石头热得烫手。周围街区找不到活人。

事情就是这样。

. . .

看守们本能地聚集到了一起，滴溜溜地转动着眼睛。他们脸上变换着不同的表情，他们的嘴巴常常张得老大，但什么话也不说，看上去就像拍成无声电影的理发店四重唱。

"说声永远再见，"他们好像在唱，"从前的姑娘和哥们儿；永远再见，从前的伙伴和情人——愿上帝保佑他们——"

. . .

"给我讲个故事。"蒙塔娜·怀尔德哈克有一次在特拉法玛多动物园对比利说。他们挨着躺在床上。天棚覆盖在穹顶上，给了他们一些私密空间。蒙塔娜已经怀孕六个月，身体臃肿，肤色红润，懒洋洋地不时向比利提一些小小的要求。她无法让比利出去替她买冰激凌或草莓，因为穹顶外面的空气是氰化物，而且最近的草莓和冰激凌也在几百万光年之遥的地方。

冰箱的门上贴着一张骑双人自行车的一对茫然的男女的图片，她可以差遣他去那里面拿些什么东西——或者，像现在一样，撒个娇说："给我讲个故事，比利乖乖。"

"德累斯顿在 1945 年 2 月 13 日的晚上遭到摧毁，"比利·皮尔格林开始说，"第二天我们从掩体出来。"他告诉蒙塔娜，那四个看守既惊愕又悲伤地站在那儿，就像理发店四重唱组。他告诉她牲畜围场的所有栅栏、屋顶和窗子都不见了——告诉她看到散落在四处的焦木段——还有那些没能逃脱火焰风暴的人。事情就是这样。

比利告诉她，那些原来构成牲畜围场四周峭壁的建筑都倒塌了。木材燃尽，砖石崩塌下来，倒塌后互相锁定，构成一道低矮的优美弧形。

"就像月球的表面。"比利·皮尔格林说。

• • •

看守让美国人四人一行排好队，他们遵命。然后让他们朝原来是住宿地的猪圈行进。墙依旧站立在那儿，但窗子和屋顶已经不见，里面除了灰烬和熔化的玻璃外，什么也没有。这时大家才意识到，这里也没有水和食物。幸存者们如果要继续生存，就必须在月球表面翻越一道又一道的弧形堆。

他们开始翻越。

• • •

弧形堆只是从远处看才光洁平滑。踏探的人们很快了解到，它们是些凹凸不平、充满凶险的东西——摸上去烫手，稳定性很差——如果触动了某些关键石块，还会继续塌陷，形成更低矮、更实在的弧形堆。

探险队穿越月球表面时，没有人说话。谁也找不到合适的表达词汇。有一件事是明摆着的：看来城里绝对无人生还，每个人，不管他们从前是什么人，都已经死了；至于其中还在移动的，是整个设计缺陷所致。根本不会有月球人。

• • •

美国战斗机钻到烟雾层底下，查看是否还有移动的物体，发现比利他们一批人还在行走。飞机向他们喷射了一批机枪子弹，但没有击中目标。然后他们发现沿河有人走动，并向他们射击，打中了其中一些人。事情就是这样。

目的是为了加快战争结束的步伐。

• • •

比利的故事奇怪地结束于未被大火和爆炸惊扰的市郊某处。夜幕降临时，看守和美国人来到一家照常营业的客栈。客栈里点着蜡烛，楼下三个壁炉里生着火。空桌、空椅等待着可能到来的客人，楼上的空床上被子已经铺好。

客栈店主是个盲人，有视力的妻子是厨师，他们的两个女儿兼当招待和服务员。这家人知道德累斯顿已经不复存在。几个长眼睛的看见城市一直燃烧着大火，知道他们现在已处在荒漠的边缘。但仍然——他们照常开门营业，把玻璃杯擦亮，给钟表上足发条，把炉火拨旺，一直耐心等待着，看还有谁会过来。

没有太多逃难的人从德累斯顿涌出。时钟继续嘀嗒作响，炉火继续噼啪燃烧，半透明的蜡烛淌下熔化的蜡。突然门外响起了敲门声，走进了四个看守和一百个美国战俘。

客栈主人问看守是不是从城里来的。

"是的。"

"还会有人过来吗？"

看守回答说，从他们选择的那条崎岖不平的道上一路过来，他们没有看见一个活人。

失明的客栈店主说，美国人可以在马厩睡觉过夜，他给他们汤羹、代用咖啡和一点啤酒。然后他来到马厩，听他们在干草上打铺过夜。

"晚安，美国人，"他用德语说，"好好睡一觉。"

9

以下是比利·皮尔格林失去妻子瓦伦西娅的经过。

飞机在糖槭山失事后，他被送到了佛蒙特的一家医院，不省人事。听到失事消息后，瓦伦西娅开着家中的凯迪拉克车一路从伊利昂赶往医院。瓦伦西娅处于一种歇斯底里的状态，因为传消息的人直截了当地告诉她，比利性命难保，即使能活下来也可能是植物人。

瓦伦西娅对比利敬佩有加。她一边开车一边号啕大哭，错过了高速路上的岔道口。她踩下刹车，一辆奔驰车狠狠撞在她的车尾上。谢天谢地，没人受伤，因为两个司机都系着安全带。谢天谢地，谢天谢地。奔驰车只撞坏一盏前车灯，但凯迪拉克的后车身成了修车行的梦中艳福。后备厢和挡泥板都被撞瘪了。合不拢的厢盖就像村里的呆子张开的大嘴，在解释说他啥也不知道。挡泥板耸耸肩。保险杠做着持枪姿势。"选里根当总统！"保险杠上的一条标语说。龟裂的车后窗构成叶脉的纹理。排气管躺在路面上。

奔驰车的司机下车走到瓦伦西娅跟前，看看她是否要紧。她歇斯底里语无伦次地说到比利和飞机失事，然后挂上车挡，冲过路面的中间分隔带，弃下排气管离开了。

她到达医院时，人们冲到窗边来看是什么东西发出这么大的噪声。凯迪拉克车的两个消音器都已掉落，轰轰隆隆的声音就像跌跌撞撞闯进了一架巨型轰炸机。瓦伦西娅熄掉发动机，然后猛然倒在方向盘上，按下的汽车喇叭发出一阵长响。一个医生和一个护士跑出来查看发生了什么。可怜的瓦伦西娅失去了知觉，是一氧化碳中毒。她身上呈现神圣的天蓝色。

一小时以后她死了。事情就是这样。

. . .

对她的死比利一无所知。他继续沉陷于梦中，进行着时间旅行之类。医院病人拥挤，比利无法单独享用一个病房。他同一个名叫伯特伦·科普兰·朗福德的哈佛大学历史教授同住一室。朗福德不必看到比利，因为他的床四周装着有橡皮轮子的屏风帘。但朗福德不时能听到比利的自言自语。

朗福德滑雪时摔断了左腿，在进行牵引治疗。他已七十高龄，但有着他一半年纪的人的体格和精神。他是在同第五任妻子度蜜月时把腿摔断的。她的名字叫莉莉。莉莉二十三岁。

． ． ．

　　正当医院宣布可怜的瓦伦西娅死亡的时候，莉莉捧着一大摞书走进比利和朗福德的病房。朗福德派她去波士顿把这些书取来。他正在撰写一本单册的关于第二次世界大战中美国陆军空战团历史的书。取来的书都是关于轰炸和空战的，这些事发生的时候莉莉还没有出生。

． ． ．

　　当漂亮的小莉莉走进病房时，比利·皮尔格林正说着胡话："伙计们，你们自己走吧，别管我。"朗福德第一次见到她时，她是个艳舞女郎，他决定把她归为己有。她中学没读完退了学，智商只有一百零三。"他好吓人。"她对丈夫耳语，指的是比利·皮尔格林。

　　"他真让我烦透了！"朗福德用低沉的声音回答说，"梦话里一天到晚说的是不干了，投降，道歉，别管我。"朗福德是空军预备队的退伍准将，官方的空军历史学家，全职教授，二十六本书的作者。他一生下来就是百万富翁，而且还是历史上最优秀的竞技航海水手之一。他写的最畅销的一本书是关于六十五岁后男人的性和高强度体育运动方面的。他很像西奥多·罗斯福，并引用他的话说：

　　"用香蕉我也能雕刻出一个更健美的人形来。"

　　朗福德让莉莉去波士顿取来的资料中，有一份是哈里·杜鲁门总统向世界宣布在广岛扔下原子弹的文件副本。她复印了这份文件，朗福德问她有没有读过。

　　"没有。"她阅读能力有限，这也是她从中学退学的原因之一。

　　朗福德命令她坐下，现在就读杜鲁门的宣告书。他不知道她阅读能力差。他对她了解不多，她只是他在公众面前的又一个证明，证明他是个超人。

　　于是莉莉坐下，假装读杜鲁门的那篇东西，内容是这样的：

十六小时以前，一架美国飞机在日本军队的重要基地广岛投下了一颗炸弹。炸弹的威力大于两万吨 TNT 炸药，比战争史上使用过的最大炸弹、英国的"大满贯"的爆炸力大两千倍以上。

日本人在珍珠港的空中挑起战争。他们已经得到了加倍偿还。但是事情还没有结束。有了这种炸弹，我们武装部队日益强大的摧毁力量又有了新的革命性的增长。这种炸弹的现有模式已投入生产，威力更大的新品种正在研发之中。

这是一枚原子弹，是对宇宙基本力量的驾驭与利用。这种为太阳提供能源的力量，已经扫向那些将战火引向远东的人。

1939 年之前，释放原子能量的可能性，在理论上已经被科学家普遍接受。然而到了 1942 年，我们获悉德国人正进行着疯狂的尝试，寻求方法将原子能量加入他们的所有战争机器中，以期奴役整个世界。但是他们没有成功。我们要感谢上苍，德国人很晚才得到 V-1 和 V-2 火箭，而且数量有限；我们更要感谢上苍，他们根本没有搞成原子弹。

就如同空中、陆地和海洋上的战斗一样，实验室的战斗与我们的命运息息相关。现在，就像我们赢得了其他领域的战斗一样，我们也赢得了实验室的战斗。

我们已经做好准备，将更快、更彻底地涤荡日本每一个城市地面上的每一个生产机构。我们将摧毁他们的码头、他们的工厂和他们的通信设施。我们绝不姑息；我们将彻底摧毁日本制造战争的能力。这是为了使——

如此等等。

· · ·

莉莉给朗福德带来的书中有一本是《德累斯顿毁灭记》，是一个名叫戴维·欧文的人写的。书是美国版本，1964 年由霍尔特·莱因哈特和温斯顿公司出版。朗福德需要的是他的两个朋友写的两篇前言的部分。这两个人一个是退休的美国空军准将艾拉·希·埃克；另一个是英国空军中将罗伯特·桑德比爵士，他是高级巴思勋爵士、高级英帝国勋爵士、军人十字勋章、空战有功十字勋章和空军十字勋章的获得者。

这是他朋友埃克将军写的部分：

有些英国人和美国人为战争中死去的敌方百姓哭泣，而对与凶残的敌人作战牺牲的勇敢的我方飞行员无动于衷，对于这些人我感到难以理解。我想应该提请欧文先生记住这样的事实，在他描绘德累斯顿平民被杀的图景时，V–1 和 V–2 火箭正在英格兰的土地上落下，杀死非武装的男人、女人和孩子——这种武器设计和发射的意图就是滥杀无辜。也应该提请记住布痕瓦尔德和考文垂[33]。

埃克的前言是这样结尾的：

英国和美国的轰炸机在德累斯顿空袭中杀死了十三万五千人，对此我深表遗憾，但我还记得是谁发动了上一场战争，而更令我心情悲痛的是在为了完全打败、彻底清除纳粹主义而付出的必要努力中丧生的五百万同盟国的人民。

事情就是这样。

空军中将桑德比写的文字中有这样的内容：

没有人可以否认，轰炸德累斯顿是一场大悲剧。说它确是军事需要，读了这本书之后很少会有人相信。这是战争时期由于各种情况的不幸组合时而催生的可怕事件之一。那些决策者既不邪恶也不残暴，虽然可能的情况是他们离残酷的战争现实太远，无法真正懂得 1945 年春天那场空袭骇人听闻的摧毁力量。

主张核裁军的人似乎相信，如果他们能够达到目标，那么战争就可以容忍，就变得高雅。他们应该好好读一读这本书，想一想德累斯顿的命运，在那里，十三万五千人因遭到常规武器的空中袭击而死于非命。1945 年 3 月 9 日的晚上，美国重型轰炸机对东京进行了轰炸，使用的是燃烧弹和高爆炸药，导致了 83 793 人死亡。投在广岛的核弹杀死了 71 379 人。

事情就是这样。

"如果有机会来怀俄明的科迪，"比利·皮尔格林在白色布屏后面说，"只消打听一下疯狂鲍勃，无人不晓！"

莉莉·朗福德一阵颤抖，假装继续读哈里·杜鲁门的那篇东西。

· · ·

那天晚些时候，比利的女儿芭芭拉来了。她神情恍惚，目光呆滞，就如可怜的老埃德加·德比在德累斯顿被枪决前的眼神。她父亲受了重伤，母亲死了，医生给她服了镇静剂，这样她还能继续行使职能。

事情就是这样。

她由一个医生和一个护士陪着。她弟弟罗伯特正在飞行途中，从越南战场赶回家。"老爸，"她试探着喊了一声，"老爸？"

但比利却在十年以前，他回到了 1958 年。他正为一个年轻的蒙古呆子检查视力，以便给他配矫正镜。呆子的母亲也在场，充当翻译。

"你看到几个黑点？"比利·皮尔格林问他。

· · ·

接着比利通过时间旅行来到他十六岁那年，在医生的候诊室。比利的拇指因感染发炎。在候诊室等待的只有另外一个人——一个老迈不堪的男子。老人因腹内胀气感到不适。他不断放屁，然后打嗝。

"请原谅。"他对比利说。然后又故态复萌。"哦，天哪，"他说，"我知道年纪大了情况不妙。"他摇着头，"但没想到糟糕成这个样子。"

· · ·

比利·皮尔格林在佛蒙特的医院里睁开眼睛，不知道自己身处何方。他睁眼看到的是他儿子罗伯特。罗伯特穿着著名的绿色贝雷帽特种部队的军装，头发理得很短，像麦子般颜色的毛茬儿，干净而整洁，胸前佩戴着一枚紫心勋章、一枚银星奖章和一枚绶带上别有两枚荣誉徽的铜星奖章。

他曾是个不争气的孩子，中学因成绩不及格而退学，十六岁成了酒鬼，同一群坏孩子交朋友，一次因推倒天主教墓园的几百块墓碑而遭到逮捕。现在他完全改邪归正了。他举止端庄，皮鞋锃亮，裤子笔挺，当上了领导。

"爸？"

比利·皮尔格林又闭上了眼睛。

. . .

因为身体虚弱，比利没有参加妻子的葬礼。当瓦伦西娅在伊利昂入土时，他已经恢复了知觉。自苏醒以后，比利没有说过什么话，对于瓦伦西娅去世、罗伯特从战场回来等消息，他也没有做出强烈的反应——所以大家一般认为他已经是个植物人。有传闻说他以后要做脑部手术，以促进脑中的血液循环。

其实，缺少反应的外表只是比利的一个烟幕而已。这种怠惰背后隐藏着活跃沸腾的头脑。他在脑中正构思着关于飞碟、关于死亡之不足惜、关于时间本质的信件和演讲。

. . .

朗福德教授在比利听得见的距离说了比利很多恶毒的话，他相信比利的脑子已经根本不能使用了。"他们怎么不让他去死？"他问莉莉。

"我不知道。"她说。

"那已经不是活人了。医生是治活人的。他们应该把他交给兽医或者给树看病的医生。那些人知道如何处置他。看看他！按照医学专业的定义，那就是生命。生命难道不可爱吗？"

"我不知道。"莉莉说。

有一次朗福德向莉莉讲述了关于轰炸德累斯顿的事，比利全听到了。关于德累斯顿还有一个悬而未决的问题。他那本关于第二次世界大战中陆军空战队历史的单卷本著作，按计划应该是洋洋二十七卷的《第二次世界大战中陆军空战队正史》的具有较强可读性的简缩本。但问题是，尽管德累斯顿空袭取得了如此值得欢呼雀跃的胜利，这二十七卷中却几乎没有提及。这场胜利的规模在战争以后很多年一直是保密的——对美国人民保密。当然，对于德国人，对于战后仍然占领德累斯顿的俄国人来说，这根本就不是什么秘密。

. . .

在空袭二十三年之后，"美国人终于听说了德累斯顿事件，"朗福德说，"很多人现在知道这场灾难比广岛更加惨不忍睹。所以我必须写一些相关的东西。从空军官方视角来说，这是全新的内容。"

"他们为什么要保密那么长时间？"莉莉问。

"担心许多受伤的心灵会认为，"朗福德说，"这样的事情算不上什么壮举。"

正在这时，比利·皮尔格林理智清醒地开口插话。"当时我就在那儿。"他说。

• • •

要让朗福德把比利当回事十分困难，因为这么长时间里朗福德一直把比利看成一件令人讨厌的"东西"，死了要比活着更好些。现在，比利开口了，说得清楚而且到位，朗福德的耳朵执意把比利的话当作某种不值一学的外语。"他说些什么？"朗福德问。

莉莉不得不充当翻译。"他说当时他在那儿。"莉莉解释说。

"他在哪边？"

"我不知道，"莉莉说。"你在哪儿？"她问比利。

"德累斯顿。"比利说。

"德累斯顿。"莉莉告诉朗福德。

"他只不过对我们的话进行机械模仿。"朗福德说。

"哦。"莉莉说。

"他得了语言模仿症。"

"哦。"

• • •

语言模仿症是一种精神疾病，病人会马上重复周围健康人说的话，但比利其实并未患有此症。朗福德为了给自己一点满足，坚持说比利患有这种精神疾病。朗福德用的是军人的思维模式：一个他迫切希望早点死的碍事的人，出于某种实际需要，一定是某种恶疾的患者。

　　● ● ●

　　接下来好几个小时，朗福德继续坚持认为比利患有语言模仿症——告诉护士和医生比利现在得了语言模仿症。医院针对比利做了些实验。医生和护士试图让比利对声音做出回声样的重复，但比利一声不吭。

　　"他现在不吭声，"朗福德言语乖戾，"只要你们一走开他就开始了。"

　　没有人把朗福德的诊断结果当回事。医院里的人觉得朗福德是个充满仇恨的老人，自负且心狠。他常常用不同方式对他们说，那些体弱多病的，该去死了。而医院员工当然以救死扶伤为信念，相信应该帮助弱者，避免死亡。

　　● ● ●

　　在医院里，比利正体验着战争中一名无足轻重的小人物经常遭遇的经历：他努力向一个装聋作哑、目中无人的敌人证明，自己值得关注。他保持沉默，直到晚上电灯熄灭，医院里出现长时间的寂静，没有任何可以模仿的声音时，才对朗福德说："德累斯顿遭到轰炸时我就在那儿。我当时是名战俘。"

　　朗福德不耐烦地叹了口气。

　　"对天发誓，"比利·皮尔格林说，"你相信我吗？"

　　"有必要现在谈这些吗？"朗福德说。他听见了，但不相信。

　　"我们永远没有必要谈论这些，"比利说，"我只想让你知道，我当时就在那儿。"

　　● ● ●

　　德累斯顿的话题那天晚上没有继续，比利闭上眼睛，通过时间旅行来到一个 5 月的下午，那是第二次世界大战在欧洲结束的两天之后。比利和其他五个美国战俘在德累斯顿市郊找到一辆被人遗弃的马车，连同两匹马，他们正乘坐在这辆棺材形状的绿色马车上，由马拖着嗒嗒、嗒嗒、嗒嗒地穿过从月球表面般的废墟中清扫出来的狭窄巷道。他们返回屠宰场去找些战争纪念品。比利想起在伊利昂的童年清早听到的送奶人的马蹄声。

比利坐在摇摇晃晃的棺材后部，头朝后仰，鼻孔张得老大。他感到高兴，感到温暖。马车上有食品，有酒——还有一架照相机、一本集邮册、一只布猫头鹰和一只由气压变化驱动的壁炉台钟。这些美国人曾被关押在市郊，此前他们走进了那一带的空房内，拿了上述这些还有别的许多东西。

听说杀人放火、劫掠奸淫的俄国人来了，房子的主人们都已经逃走。

但是战争结束已经两天，俄国人还没有来。和平气氛降落在一片废墟中，去屠宰场的路上比利只遇到一个人。那是一个老头，推着一辆可折叠婴儿车。婴儿车上放着些坛坛罐罐，一把雨伞的骨架和其他一些他捡到的东西。

· · ·

马车到了屠宰场，比利仍然坐在车上晒着太阳，而其他人都下去寻找纪念品。在后来的日子里，特拉法玛多人建议比利将注意力集中在人生的欢乐时刻，忽略痛苦的时刻——凝视美好的事物，让这种时光成为永恒。如果比利真有这种选择的可能，他会把坐在马车上晒太阳小睡的光景，选为他人生最快乐的时刻。

· · ·

比利·皮尔格林打瞌睡时手持武器。自从基本训练以来，这是他第一次拿上武器。他的同伴们坚持认为他应该武装自己，因为天知道月球表面的沟壑里会潜藏着哪一类的杀手——野狗、吃尸体长肥的老鼠群、逃出来的疯子和杀人犯，还有永远不会停止屠杀直到自己被杀死的士兵。

比利皮带上插着一把巨大的骑兵短枪，是第一次世界大战的遗物，枪柄上装有一个环，使用的子弹有知更鸟蛋那样大小。枪是比利在一家空房子的床头柜上发现的。那是战争结束时特有的情景之一：任何想要武器的人绝对可以找到一件。武器俯拾皆是。比利还有一把军刀，是德国空军举行仪式时用的指挥刀。刀把上刻着一只啸鹰，携着纳粹党徽，俯视下方。比利发现时刀插在一根电线杆上。马车经过时比利把它拔了出来。

• • •

他渐渐从瞌睡中醒来，听到一男一女说话，讲的是德语，语气中充满怜悯。说话人正在动情地安抚着某人。比利睁开眼睛之前，这声调在他听来就好像耶稣的朋友们把他遭受摧残的躯体从十字架上卸下时使用的语气。事情就是这样。

比利睁开了眼睛。一个中年男子与他的妻子在对着马低语。他们注意到了美国人没有注意到的情况——两匹马嘴里都淌着血，被马嚼子勒破了；马蹄也裂开了，每一步都意味着要承受巨大的痛苦；而且马渴得快要发疯了。美国人把他们的交通工具当成六缸发动机驱动的没有感觉的雪佛兰汽车。

• • •

这两位马的同情者沿着马车走到比利跟前，用一种爱抚且责备的眼光看着比利·皮尔格林——这个细长瘦弱、穿着天蓝色斗篷和银色鞋子的怪人。他们一点不怕他。他们什么也不怕。两人都是行医的，都是产科医生。直到医院被大火烧塌，他们一直在接生婴儿。而现在，他们正在原来是他们住宅的地方附近野餐。

女的相貌柔美，长期以土豆为食使她面色苍白。男的穿西服，戴领结，衣着正式。土豆使他骨瘦如柴。他像比利一样是高个子，戴着金属架三焦距眼镜。这一对夫妇与婴儿打了这么多年交道，自己却没有生育过。他们选择不要孩子。这是对整个生殖概念的一个有趣的评述。

他们两人加在一起共能讲九种语言。他们先用波兰语对比利·皮尔格林说话，这是因为他的穿戴太像小丑，而可怜的波兰佬不知不觉中成了第二次世界大战中的丑角。

比利用英语问他们想干什么，他们马上改用英语，训斥他把牲口折磨成这个样子。他们让比利跳下马车，过去看马。比利看到他的交通工具的惨状时，眼里冒出了泪水。在战争中他从来没有为别的任何事哭泣过。

• • •

后来他人到中年，成了验光配镜师，有时会独自静静地哭泣，但从来不会号啕大哭。

这就是为什么本书的篇首题词选用了一首著名的圣诞歌的四行歌词。虽然所见所闻常有能让人悲哭的东西，但比利很少大哭。至少在这方面，他与圣诞歌中的耶稣有几分相像：

牛群哞哞叫，

圣婴惊醒了。

小主啊耶稣，

不哭也不闹。

比利通过时间旅行回到了位于佛蒙特的医院。早餐已经吃罢，餐具被收走。朗福德教授不太情愿地开始把比利当人看待，对他产生了兴趣。朗福德态度生硬地盘问比利，证实了比利当时的确在德累斯顿。他问比利当时情况怎样，比利对他讲了那两匹马和那一对在月球表面野餐的夫妇。

那段故事是这样结束的：比利和两个医生把马的缰绳解开，但马哪儿也不去。它们的脚疼得太厉害。后来俄国人骑着摩托车来了，留下马匹，逮捕了他们。

两天以后，比利被转交给了美国人，相关人员将他送上一艘名叫"鲁克丽西娅·艾·莫特"号的非常缓慢的货轮。鲁克丽西娅·艾·莫特是美国争取妇女参政权的著名女性。她已经死了。事情就是这样。

• • •

"这是不得已而为之。"朗福德告诉比利，说的是轰炸德累斯顿。

"我明白。"比利说。

"这就是战争。"

"我明白。我不是在抱怨。"

"地面上一定像人间地狱。"

"就是的。"比利·皮尔格林说。

"那些人真不幸,他们不得不这么做。"

"真是的。"

"你肯定有一种说不清的感觉,在地面上。"

"我没什么特别,"比利说,"一切都没有什么特别,每个人都必须做他所做的事情,没有选择。这是我从特拉法玛多学来的。"

• • •

那天晚些时候,比利·皮尔格林的女儿把他接回家,进屋后把他安顿在床上,拧开"魔指"按摩器。家里来了一位见习护士。一段时间里,比利至少还不能干活儿,甚至不能离开家门。他仍然处于观察期。

比利趁护士不注意溜了出去,开车前往纽约市,希望能在电视台上露面。他将把特拉法玛多人的经验传播给全世界。

• • •

比利·皮尔格林在纽约四十四大街的罗尔顿旅馆登记入住。出于巧合,开给他的房间曾经是批评家和编辑乔治·简·内森的住家。根据地球仔的时间概念,内森死于 1958 年。当然,根据特拉法玛多人的概念,内森仍在某个时间段中活着,而且这种状态永远不会改变。

房间小而简单,但却在大楼的顶层,法式门通向与房间同样大小的一个平台。平台栏杆外,是四十四大街上方的空间。比利将身子探出栏杆,朝下看到往来行走的所有人群。他们看上去像一张一合的小剪刀,十分有趣。

夜里很冷,过了一会儿比利回到房中,关上法式门。关门使他想起了自己的蜜月。他们在安妮角度蜜月的爱巢也有一排法式门,仍然存在,永远处于那种状态。

比利打开电视机,一遍又一遍地从头到尾按遥控器。他在寻找有可能让他露面的节目。但现在时间还太早,让有特殊观点的人表达想法的晚间节目都还没开始。现在八点刚过不久，播放的节目都与蠢行和谋杀有关。事情就是这样。

. . .

比利离开房间，乘上缓慢的电梯下楼，走到外面的时代广场上，浏览一家俗气的廉价书店的橱窗。橱窗里摆着成百本关于淫欲、兽奸和谋杀的书，一本纽约市交通指南，一尊带温度表的自由女神模型。橱窗里，点缀着烟灰和蝇屎，还有四本比利的朋友基尔戈·特劳特的简装本小说。

与此同时，当日要闻以灯带的方式在比利身后一幢建筑上传送着。新闻反射在橱窗上，内容有关权力、体育、愤怒和死亡。事情就是这样。

比利走进书店。

. . .

书店里的一个标牌上写着，后屋有售成人书籍。后屋还有成人西洋镜，放映赤身裸体的青年男女的电影，投进两毛五分钱可以在窥孔里看一分钟。后屋还出售裸体青年人的相片，可以买回家。这种静止相片比电影更符合特拉法玛多人的认识，因为你任何时候想看就能看到，它们不会改变。二十年以后的未来，那些姑娘依然年轻，依然在微笑，或者郁郁寡欢，或者干脆一脸傻相，两腿还是张得老大。有些姑娘正在吃棒棒糖或香蕉，今后仍然还要吃下去。那些男青年的家伙仍然处于半勃起的状态，肌肉仍然凸起，像炮弹一样。

但是比利·皮尔格林并不为后屋所陶醉。让他欣喜若狂的是摆在正厅的基尔戈·特劳特的小说。书名都是他以前没见过的，至少他认为没见过。他翻开其中的一本。看来他这么做没有什么不可以，每个人都在翻摸着店里的东西。那本书的书名是《大显示屏》。他读了几段才意识到，这本书以前看过——很多年以前在老兵医院看的。故事的内容是关于一男一女两个地球仔被外星人绑架，放在一颗叫二一二号锆星的动物园里展出。

. . .

在身处动物园的虚构人物居所的一面墙上，有一块大显示屏，据称显示的是股市行情和商品价格。他们还有自动新闻播报机和一部据称与地球上某个交易所相连的电话。二一二号锆星人对被他们关押的人说，他们在地球上为被关押人投资一百万美元，由被关押人自主操作交易，这样等他们返回地球后就可能成为大富翁。

当然，电话、大显示屏和自动新闻播报机都是假的。这些东西只不过是刺激源，让地球仔为动物园参观人群做出生动的表演——让他们欢呼雀跃，或扬扬自得，或闷闷不乐，或捶胸顿足，或吓得屁都不敢放，或感到心满意足，像躺在母亲怀里的婴儿。

地球仔的纸面生意做得非常成功。当然，这也是整个骗局的组成部分。宗教也卷入其中。自动新闻播报机告诉他们，美国总统宣布实施"全国祈祷周"，每个人都必须做祷告。在此之前的一周，地球仔在交易市场经受挫折，在橄榄油期货交易中损失了一笔资金。于是他们使劲祈祷。

非常有效。橄榄油价格上扬了。

. . .

橱窗里另一本基尔戈·特劳特的书讲一个人造了一台时间机器，因此可以回到历史的过去去见耶稣。机器真的管用，他见到了耶稣，当时他只有十二岁，跟着父亲学木匠手艺。

两个罗马士兵走进木匠铺，拿着一张画在原始草纸上的设计图，第二天日出时就要完工。要做的是一个十字架，用来处决一名蛊惑人心的煽动者。

耶稣和他的父亲造好了十字架。他们很高兴能得到这份订单，而那个蛊惑人心的煽动者被钉在上面处死了。

事情就是这样。

. . .

书店是五个矮个子秃头男人开的，看上去像五胞胎，嘴里都嚼着已经湿透的未点燃的雪茄。他们从来不笑，每个人都有一只垫脚的凳子。他们靠开这家纸面和影像妓院挣钱。他们没有勃起反应，比利·皮尔格林也没有，而其他每个人都有。这是一家荒唐的店铺，所有东西都与做爱和生孩子有关。

店里的工作人员有时会对某人说，要么买，要么走，不要老是看啊看啊看啊，摸啊摸啊摸啊。店里的有些人互相观察，而不看着商品。

一个店员走到比利跟前，告诉他好东西在后屋，比利看的书只是橱窗摆设。"你不会要这种东西的，看在上帝的分儿上，"他对比利说，"你要的东西在后屋。"

于是比利朝后挪了几步，还没有到"少儿不宜"的区域。他朝后走是出于一种心不在焉的礼貌，手中仍然拿着特劳特的书——那本关于耶稣和时间机器的小说。

书中的时间旅行者回到《圣经》的时代，为的是要弄清一个特别的问题：耶稣是否真的死在十字架上？人们把他从十字架上卸下时，他是不是还活着？是否真的继续活了下去？故事的主人公带了一副听诊器。

比利跳到书的结尾处，故事的主人公在最后的场景中混进了将耶稣卸下十字架的人群中。这位时间旅行者穿着当时的衣服，第一个攀上梯子，紧紧靠着耶稣不让别人看见他用听诊器，然后听他的心跳。

瘦削的胸腔里没有一点点声音。上帝的儿子没有一点生命迹象，就像一颗护门帽钉一样。

事情就是这样。

这位时间旅行者的名字叫兰斯·科温，他同时测量了耶稣的身高，但没有称体重。耶稣身高五英尺三英寸半。

• • •

另一个店员走到比利跟前，问他是不是要买这本书，比利说他要买。他的背靠在一个简装本书架上，上面都是些从古埃及到今天关于口交的内容。店员以为比利读的是其中的一本，因此看到比利的书时十分吃惊。他说："老天爷，你从哪儿找来的这本东西？"如此等等，他忍不住告诉其他营业员，这里有个变态佬想买橱窗摆设。其他营业员已经知道此人不同寻常。他们也一直在注视着他。

比利在收款机旁等着找回零钱，旁边放着一箱旧的色情杂志。比利用眼角扫了其中的一本，看到写在封面上的一个问题：蒙塔娜·怀尔德哈克的失踪真相究竟是什么？

. . .

于是比利翻阅这篇文章。当然他知道蒙塔娜·怀尔德哈克究竟

身在何处。她在特拉法玛多照看着宝宝，但是那本名为《夜猫咪》的杂志认定，她穿着水泥衣沉没在圣佩德罗海湾五六十米深的海水下面。

事情就是这样。

比利真想发笑。这本为孤独男子手淫发泄之用的杂志，刊登了这一则故事，借以刊出蒙塔娜十几岁时拍的黄色电影镜头的照片。比利没有仔细看。照片很模糊，是一些细小的黑白微粒的组合，任何人都有可能。

又有人向比利示意可到后屋看看，这回他走了过去。一个腻烦的水手从投币电影机前走开，而影片还在放。比利从窥孔中望去，看到蒙塔娜·怀尔德哈克独自坐在床上，剥着香蕉。影片咔嚓一下中止了，比利也不想看后来发生了什么。一个店员走过来，纠缠着让他过去看一些真正的精彩货，是他们藏在柜台下面专门留给鉴赏家的。

比利有了些许好奇，在这种地方还有什么东西可以遮遮盖盖呢？营业员投以挑逗性的一瞥，然后拿出来给他看。这是一张一个女人和一匹设得兰小种马的照片。他们在边缘装饰着小布球的天鹅绒幕布前摆好交配的姿势，两边是古希腊多利斯型石柱。

. . .

那天晚上比利没能在纽约的电视上露面，但确实在电台的谈话节目中出现了。就在比利入住的旅馆的隔壁有一个无线电广播台。他看到一幢办公大楼进口处的指示牌，就走了进去。他乘自动电梯来到演播室，发现还有其他人等着进去。他们都是文学评论家，以为比利也是同行。他们将要讨论的主题是，小说是否已经死亡。事情就是这样。

比利同其他人一起围着一张漆成金色的橡木桌子坐下，面前有一个专供他个人使用的麦克风。节目主持人问他的姓名，来自哪家报刊。比利说他来自《伊利昂报》。

他紧张，但十分兴奋。"如果你们有机会来怀俄明的科迪，"他对自己说，"只消打听一下疯狂鲍勃，无人不晓！"

. . .

节目一开始比利就举手要求发言，但没有马上被点到。其他人在他之前得到了机会。其中一个说，既然在阿波马托克斯一百年之后就已经有个弗吉尼亚人写下了《汤姆叔叔的小屋》[34]，现在已经到了埋葬小说的大好时机。另一个说，人们丧失了深度阅读的能力，无法在头脑中把印刷文字转化为精彩的场景，因此作家们不得不如诺曼·梅勒[35]所为，在公众面前演示其所写内容。节目主持人让大家谈谈小说在现代社会的功用，一个批评家说："可以给四周白色墙壁的房间增添一些色彩。"另一个说："可以艺术地描绘口交。"还有一个说："可以让小职员的妻子们知道该买些什么，在法国餐馆该如何举止才算得体。"

这时比利得到了发言的机会。他口若悬河，用受过训练的漂亮嗓音描述了飞碟、蒙塔娜·怀尔德哈克和其他事情。

在播放广告的间隙，他被客气地请出了演播室。他回到自己的旅馆房间，在与床连接的"魔指"按摩器中投入二十五美分的硬币，合眼睡觉。他通过时间旅行来到特拉法玛多。

"又去时间旅行了？"蒙塔娜问。穹顶下面是人造夜晚。她正在给他们的孩子喂奶。

"嗯？"比利说。

"你又去时间旅行了。我一看就知道。"

"啊。"

"这回去哪儿了？不是战争时期。这方面，我一看就知道。"

"纽约。"

"大苹果。"

"嗯？"

"以前他们就是这么称呼纽约的。"

"哦。"

"你去看戏看电影了？"

"没有——我到时代广场周围走了走，买了一本基尔戈·特劳特的书。"

"运气不错。"她不像他那样对基尔戈·特劳特感兴趣。

比利漫不经心地提到，他看了一段她以前拍的黄色电影。她的反应同样漫不经心。这是特拉法玛多的风格，人没有负罪感。

"对——"她说，"我也听说了你在战争期间的事，充当的是怎样一个小丑角色。我听说了那个被枪决的中学教师。他和行刑队一起上演了一场黄色电影。"她把孩子从一侧乳房挪到另一侧，因为当时的瞬间就是这么设定的，她非如此不可。

接下来是一阵沉默。

"他们又在钟上搞花样了。"蒙塔娜说，站起身来准备把宝宝放在婴儿床上。她的意思是他们的管理员让穹顶里的电子钟有时走快，然后走慢，然后再走快，同时通过窥测孔观察地球仔一家的活动。

蒙塔娜·怀尔德哈克的脖子上挂着一条银项链，悬在双乳中间的是一只小锁盒，里面是她酗酒的母亲的照片——模模糊糊的黑白微粒的组合。任何人都有可能。锁盒外面刻着这样的文字：

上帝赐予我接受我无法改变之事物的平静，改变可改变之事物的勇气，以及区分这两者之不同的永恒智慧。

罗伯特·肯尼迪的夏日居所离我常年居住的家只有八英里之遥。两天前他被人击中，于昨晚去世。事情就是这样。

马丁·路德·金一个月之前被枪杀。他也死了。事情就是这样。

我的政府每天向我提供军事科学在越南创造的尸体数字。事情就是这样。

我的父亲现在已经死了好多年——属于正常死亡。事情就是这样。他是个讨人喜欢的人。他也是个枪迷，把收藏的枪都留给了我。枪都生锈了。

· · ·

在特拉法玛多，比利·皮尔格林说，他们对耶稣的兴趣不大。他说，特拉法玛多人头脑中印象最深刻的地球人物是查尔斯·达尔文——他的教导是：人的死亡不可避免，尸体意味着新陈代谢的进步。事情就是这样。

· · ·

同样的基本思想也出现在基尔戈·特劳特的《大显示屏》中。绑架特劳特小说中的主人公的飞碟人也询问了他关于达尔文的情况。他们还问他高尔夫球的事。

· · ·

如果比利·皮尔格林从特拉法玛多人那儿获得的认识是正确的，也就是说，不管我们有时候看上去死到何等地步，我们都将永远活着，那么我也不会喜出望外。但话又说回来——如果我要用永恒的一辈子回访生命中这个或那个片刻的话，那么值得庆幸的是，我这一生中的很多片刻是美好的。

近来最美好的片刻之一是我同战时老伙伴奥黑尔重返德累斯顿的旅行。

我们从东柏林搭乘匈牙利航空公司的一架飞机。飞机驾驶员蓄着翘八字胡，看上去像阿道夫·门吉欧[36]。飞机加油时，他抽着一支古巴雪茄。飞机起飞时，没人提醒要系好安全带。

飞行在空中时,一个年轻的乘务员给我们送来荞麦面包、意大利香肠、奶油、奶酪和白葡萄酒。我座位前的折叠板无法打开。乘务员返回机务员舱取工具,回来时带了一把啤酒罐开罐器,他用这东西把折叠板撬开。

飞机上只有六名其他乘客,讲许多种不同语言。他们同样享受着旅行的快乐。飞机下面是东德,灯光已经亮起。我想象着从飞机上将炸弹投向这些灯光,这些村庄、城市和乡镇。

• • •

我和奥黑尔从未有过成为富人的奢望——而现在我们俩都非常富有。

"如果你们有机会来怀俄明的科迪,"我懒洋洋地对他说,"只消打听一下疯狂鲍勃,无人不晓!"

• • •

奥黑尔身边带着一本小记事册,后面印着邮政价码、航线距离、名山的海拔高度和其他一些世界上的主要信息。他想查看德累斯顿的人口,小册子中没有,但他看到以下数据,交给我一读:

世界上平均每天有三十二万四千名婴儿诞生。同一天,平均一万人因饥饿或营养不良死亡。事情就是这样。此外,另有十二万三千人死于其他原因。事情就是这样。这样,全世界每天净增人口为十九万一千人。人口统计局预测,到 2000 年之前世界总人口将翻倍,达到七十亿人。

"我想他们都想得到做人的尊严。"我说。

"是这样。"奥黑尔说。

• • •

与此同时,比利·皮尔格林也正在返回德累斯顿的旅途中,但不是回到现在的德累斯顿。他返回到那边的 1945 年,城市遭到摧毁的两天之后。比利和其他人由他们的看守带领,正列队走入城市的废墟。我在队伍里,奥黑尔也在其中。过去的两天我们是在那个瞎子客栈主人家的马厩里度过的。当局在那边找到我们,告诉我们该做些什么。我们将到邻居家借镐子、铲子、撬棒和手推车。我们将带着这些工具到废墟的某某地方,准备开始工作。

. . .

通向废墟中心的主要道路上设有路障。德国人被挡住，不准进去踏探月球。

. . .

来自世界不同地区的战俘那天早上聚集到德累斯顿的某某地段。命令已经下达，这里就是挖掘尸体的地方。于是挖掘开始了。

比利发现自己同一个在托布鲁克被俘的毛利人配对。毛利人浑身呈巧克力般的棕色，额头和面颊上刺着旋涡状图饰。比利和毛利人在月球表面无生命、无希望的瓦砾堆中挖掘着。地面的物质十分松散，因此不时会出现小小的山崩。

许多小坑同时开挖，还没人知道里面能发现些什么。大多数开挖口一无所获——通向人行道，或者无法挪动的巨大石块。没有机械，甚至连牛、马、骡子也无法穿越这片月球地貌。

比利、毛利人还有帮着他们一起干活儿的人，最后挖出一个在石块上搭起的木结构层，倒塌的木料互相交错正巧形成一个穹顶。他们在木结构层上打开一个洞，下面是黑暗和空间。

一个拿着手电筒的德国兵进入下面的黑暗中，去了很长一段时间。他最终返回时，向站在洞边缘的一名上司报告说，下面有几十具尸体。他们都坐在板凳上。这些尸体没有做过标记。

事情就是这样。

上司说，木结构层上的洞口要扩大，找梯子放进洞口中，这样尸体可以被抬出地面。于是德累斯顿的第一个尸体坑开挖了。

. . .

渐渐地，成百个尸体坑开始作业。起先尸体坑没有臭味，就像蜡像馆。接着尸体开始腐烂淌水，臭味就像混合的玫瑰和芥子气。

事情就是这样。

与比利一起干活儿的毛利人接到命令到下面的臭气中工作，死于强烈的恶心干呕。他不停地呕吐，把自己撕成了碎片。

事情就是这样。

于是，人们想出了一个新方法。尸体不再被抬出地面，而由带喷火枪的士兵就地火化。士兵们站在掩体外面，直接朝里面喷射火焰。

在现场的某个地方，可怜的老埃德加·德比，那位中学教师，因从地窖里拿了一把茶壶被抓。他因偷窃遭到逮捕，经过审判后被枪决。

事情就是这样。

现场的某个地方，春天来临了。尸体坑被关闭。士兵们离开这地方去同俄国人作战。在郊区，女人和孩子们挖坑埋枪。比利和他们一队的其他人被锁在郊区的一个马厩中。突然，一天早上，他们起来发现门锁已被打开。欧洲战场的第二次世界大战结束了。

比利和其他人漫无目的地走到外面树荫覆盖的街上。树枝上正长出新芽。街面上没有任何动静，没有任何种类的车辆，唯有的一辆是被遗弃的由两匹马拖的绿色马车，形状像口棺材。

鸟儿在鸣唱着。

一只鸟对比利·皮尔格林说："叽——嗝——叽？"

[1] 德国东部城市。全国重要科研中心，旅游资源丰富，多历史建筑。1945 年的德累斯顿大轰炸是英美联合发动的大规模空袭行动，是二战史上最受争议的事件之一。（如无特别注明，本书注释均为译者注。）

[2] 古根海姆基金会由美国工业家兼慈善家约翰·古根海姆（1867—1941）建立，专为学者、艺术家、作家提供资助。

[3] 芥子气，二氯二乙硫醚的俗名，因具有挥发性，有像芥末一样的味道而得名。主要用于制造军用毒剂，并由于其在毒剂方面的广泛使用而声名狼藉。

[4] 默特和杰夫是美国动画片中愚蠢滑稽的一对，一高一矮。

[5] "社会思潮委员会"是美国著名跨学科研究机构，1941 年由历史学家约翰·奈夫（1899—1988）在芝加哥大学发起成立。

[6] 此句原文是拉丁语。

[7] 弗兰克·辛纳特拉（1915—1998）：美国著名歌手、电影演员，以饰演硬派英雄著名，曾参演的《从这里直到永远》在 1953 年获奥斯卡最佳男配角奖。

[8] 约翰·韦恩（1907—1979）：美国电影界硬汉派巨星，拍摄的大多为西部片，1969 年以《大地惊雷》获奥斯卡最佳男主角奖。

[9] 《五号屠场》出版时有一个副标题《童子军圣战·与死亡的义务舞蹈》，后来的许多版本不再有副标题。

[10] 弗里德里希，在这里指的是普鲁士国王弗里德里希二世（1712—1786），史称"腓特烈大帝"。他在位期间曾发动西里西亚战争、七年战争等，被认为是欧洲历史上最伟大的军事统帅之一。

[11] 歌德的话原文是德语。

[12] 基甸国际又称基甸会或国际基甸，是信奉基督教的商界人士和专业人员的组织，其活动之一是在旅馆客房、医院病房、学校和拘押所放置《圣经》。

[13] 绿色贝雷帽是越南战争时期美国的特种部队，以执行非常规作战任务闻名。

[14] 特威德尔顿和特威德尔迪兄弟是英国作家刘易斯·卡罗尔《爱丽丝漫游奇境》的姐妹篇《爱丽丝镜中奇遇记》中的人物，两兄弟相貌酷似，矮胖滑稽。

[15] 英语中 Bill 和 Billy（比尔、比利）是 William（威廉）的昵称。

[16] 狮子会成立于 1917 年，现已发展成为全球性的为社区服务的公益性组织，其成员互称"狮友"。

[17] 奥萨博尔峡谷是纽约东部的旅游胜地，以峡谷、奥萨博尔河以及周围的地质奇观著名。

[18] 厄尔·瓦伦曾任美国最高法院法官（1953—1969），在任期间推行如反对学校种族隔离等进步政策，美国的右翼团体以越权为由对他群起攻击。

[19] 约翰·伯奇协会是美国的极右组织，臭名昭著的麦卡锡也是其成员，1958 年在加州成立，二十世纪五六十年代势力很大，曾在全美到处分发汽车后部保险杠上的小语条。

[20] 圣艾尔摩之火是一种自然现象，常常出现在暴风天气里，大气中的电会在教堂尖顶、船桅、飞机机翼等处周围形成美丽而诡异的光。

[21] 德军在二战中广泛使用的一种手榴弹，外形像捣土豆泥的杵子。

[22] 龙牙是一种楔形防坦克混凝土障碍物。

[23] 畅销小说，写于 1966 年，是关于三个女青年利用色相在纽约演艺界成名，后又幻灭的故事。

[24] 《彭赞斯的海盗》是经典滑稽音乐剧，1879 年在纽约首演，后拍成电影获奥斯卡奖。

[25] 都是俚语，表示亲热："扬基"（Yank）指美国人，"敞亮"（Good Show）的意思是"好样的"，"杰里"（Jerry）即德国佬。

[26] 关于南北战争的著名长篇小说，出版于 1895 年。

[27] 《七六年的精神》是画家阿奇博尔德·威拉德在 1876 年为美国独立一百周年展出绘制的著名油画，画面表现的是美国的独立战争。

[28] 奥茨国是著名小说《奥茨国的魔法师》（又名《绿野仙踪》）里虚构的国度。

[29] 原文为德语，Schlachthof-fünf.

[30] 理发店四重唱是一种通俗娱乐歌唱表演，一般以俗套的和声法即兴演唱。

[31] 高力娃是一种黑脸白眼、衣着艳丽怪异、头发蓬乱的男性布娃娃。

[32] 又译作《艾凡赫》，长篇历史小说，是英国作家沃尔特·司各特的代表作。

[33] 布痕瓦尔德是纳粹德国死亡集中营所在地，最多时曾关押过一万名犹太人和东欧战俘；英国的考文垂 1940 年遭到德军五百多架飞机的狂轰滥炸。

[34] 阿波马托克斯镇是 1865 年美国南北战争结束时南军司令罗伯特·李向北军司令格兰特签署投降书的地方。《汤姆叔叔的小屋》是斯托夫人的著名小说，出版于 1852 年。时间上的错误可能是故意为之，表示那些高谈阔论者的无知。

[35] 诺曼·梅勒（1923—2007），美国著名小说家。

[36] 阿道夫·门吉欧（1890—1963），美国默片和早期电影著名演员，以标志性的翘八字胡为形象特征，参演过的电影包括《三个火枪手》。

Lightning Source UK Ltd.
Milton Keynes UK
UKHW050639120922
408721UK00006B/691